A Viúva Simões

Título - A Viúva Simões
Copyright da atualização © Editora Lafonte Ltda. 2020

Todos os direitos reservados.
Nenhuma parte deste livro pode ser reproduzida por quaisquer meios existentes sem autorização por escrito dos editores e detentores dos direitos.

Direção Editorial Ethel Santaella
Revisão Nazaré Baracho
Texto de Capa Dida Bessana
Diagramação Demetrios Cardozo
Imagem de capa Shutterstok

Dados Internacionais de Catalogação na Publicação (CIP)
(Câmara Brasileira do Livro, SP, Brasil)

Almeida, Júlia Lopes de, 1862-1934
  A viúva Simões / Júlia Lopes de Almeida. --
São Paulo : Lafonte, 2020.

  ISBN 978-65-5870-003-6

  1. Ficção brasileira I. Título.

20-44068   CDD-B869.3

Índices para catálogo sistemático:

1. Ficção : Literatura brasileira   B869.3

Cibele Maria Dias - Bibliotecária - CRB-8/9427

Editora Lafonte
Av. Profª Ida Kolb, 551, Casa Verde, CEP 02518-000
São Paulo - SP, Brasil - Tel.: (+55) 11 3855-2100
Atendimento ao leitor (+55) 11 3855 - 2216 / 11 - 3855 - 2213 - *atendimento@editoralafonte.com.br*
Venda de livros avulsos (+55) 11 3855 - 2216 - *vendas@editoralafonte.com.br*
Venda de livros no atacado (+55) 11 3855 - 2275 - *atacado@escala.com.br*

JÚLIA LOPES DE ALMEIDA

A Viúva Simões

Lafonte

Brasil - 2020

CAPÍTULO I

Apesar de moça e de rica, a viúva Simões raras vezes saía; dedicava-se absolutamente à sua casa, um bonito *chalet* em Santa Tereza. Vivia sempre ali; inquirindo, analisando tudo num exame fixo, demorado, paciente, que exasperava os seus cinco criados: a Benedita, cozinheira
preta, ex-escrava da família; o Augusto, copeiro, francês, habituado a servir só gente de luxo; a lavadeira Ana, alemã, de rosto largo e olhos deslavados; o jardineiro João, português; homem já antigo no serviço, e uma mulatinha de quinze anos, cria de casa, a Simplícia, magra, baixa, com um focinho de fuinha e olhos pequenos, perspicazes e terríveis.

Não era fácil dirigir pessoal tão diferente em raças e em educação. A viúva; modesta, e um pouco indolente para os deveres exteriores, consumia ali, dentro das suas paredes, toda a sua atividade.

Em vida do marido frequentara algum tanto a sociedade; mas depois que ele partiu sozinho para o outro mundo, ela encolheu-se com medo que se discutisse lá fora a sua reputação, coisa em que pensava numa obsessão quase nevrótica.

Adquirira fama de *menagère* exemplar; e então levava o escrúpulo a um ponto elevadíssimo para não desmerecer nunca do conceito de boa dona de casa. Levantava-se cedo; percorria o jardim, a horta, o pomar, o galinheiro; censurava o hortelão pelo menor descuido; via bem até as mais insignificantes ninharias: a grama precisava ser aparada... As roseiras careciam de poda; porque não se enxertavam estes ou aqueles pés de fruta? O homem respondia que já tinha deliberado aquilo mesmo, e ela passava adiante, sempre com perguntas ou ordens.

No interior era um chuveiro de recriminações. A cozinha tomava-lhe horas. Passava os dedos nas panelas e nos ferros do fogo, a ver se estavam limpos; cheirava as caçarolas; obrigava a Benedita a arear de novo tachos e grelhas, a lavar a tábua dos bifes e o mármore das pias e da mesa. Se havia alguma torneira pouco reluzente ou alguma nódoa no chão, detinha-se, exigindo que se corrigisse a falta logo ali, à sua vista. E era assim por todos os compartimentos, minuciosa, ativa, severa.

Lamentava-se da falta de método, que a obrigava a ter em casa tantos criados; mas se pensava em despedir algum deles, achava-o logo indispensável. A casa era grande e o dia curto para observá-la em todas as suas exigências. A viúva não fazia outra coisa senão mandar; entretanto não lhe sobrava tempo para mais nada!

Tinha, de vez em quando, as suas horas tristes, em que a inteligência se lhe revoltava contra a monotonia daqueles meses que se desfolhavam iguais em tudo, sempre iguais... O corpo cansado não reagia, e o pensamento nadava preguiçosamente em ideias vagas, coloridas pelo romantismo da idade em que as alegrias e os entusiasmos da mocidade já não existem, e em que as friezas da velhice ainda não chegaram... Ela tinha uma filha, Sara, que era o seu conforto e a sua agonia. Por causa dela renunciava aos divertimentos do mundo, exagerando as suas atribuições caseiras. Tinha medo de apaixonar-se um dia, fugia do perigo de amar, de trazer para casa, para o gozo do seu corpo e da sua alma, um padrasto para a filha, um estranho com quem tivesse de repartir os seus cuidados e as suas riquezas.

O seu temperamento, aparentemente frio, dava-lhe por vezes momentaneamente, um ar de rija autoridade, muito em contradição com o seu tipo moreno, de brasileira. No trato comum era calma, e tinha sempre o cuidado de não trair as suas horas de desfalecimento, em que lhe passavam pela mente desejos e idílios irrealizáveis...

A viúva já não tinha a frescura da primeira mocidade, mas era ainda uma mulher bonita. Era alta e esbelta e tinha um par de olhos pretos belíssimos e uma pele morena delicadamente penujenta e macia.

A sua carne já não tinha a rijeza do pomo verde, que resiste à dentada, e caía sobre ela toda um ar de moleza, de doce cansaço, que lhe quebrantava a voz e o gesto. Vinha dela um encanto esquisito e delicado, que ninguém afirmaria ser da pureza das suas linhas ou da maneira que tinha de andar, de sorrir ou de dizer as coisas.

Aos domingos, a vida era mais calma. Os criados trabalhavam afincadamente ao sábado, em lavagens, polimentos, renovações de plantas e de flores nas salas, e gozavam de lazeres maiores e permissões de passeios no dia imediato. A viúva então respirava de alívio com o silêncio e a ausência dos servos que se revezavam no serviço.

Num domingo de junho de 1891, ela sentou-se na sua sala, muito fresca e perfumada; e, estendida numa cadeira de balanço, perto da janela, pôs-se muito sossegadamente a ler um jornal do dia.

Estava num dos seus momentos de melancolia; almejava qualquer coisa que ela mesma não sabia definir. Era a revolta surda contra a pacatez da sua vida sem emoções, contra aquele propósito de enterrar a sua mocidade e a sua formosura longe dos gozos e dos triunfos mundanos.

O que lhe parecia agora um sacrifício parecera-lhe horas antes uma delícia.

A verdade era que a viúva, além do medo de comprometer a felicidade da filha, sentia preguiça de cortar de uma vez aquele sistema recolhido de vida, iniciado pelo marido, um pouco ciumento.

Os seus olhos percorriam superficialmente todo o jornal, quando de súbito estacaram num ponto. Por muito tempo não se despregaram de quatro linhas banais, lendo-as e relendo-as até que o jornal, levado por um dos seus gestos lânguidos, caiu aberto sobre os joelhos. Voltada para o sonho, ela continuou imóvel, com os membros lassos estendidos sob as roupagens longas e negras do seu ainda rigoroso luto de viuvez, e pôs-se a seguir com o olhar, que o pensamento erradio tornava ora abstrato, ora pensativo, uma barquinha de velas pandas que deslizava lá embaixo, isolada e pequenina, na solidão das águas.

Estava uma manhã gloriosa, céu azul cheio de sol, mar de um azul ainda mais denso, pacificado pela doçura da atmosfera.

Pelos socalcos abruptos da montanha, desciam os quintais e o casario disperso. A grande alegria da luz envolvia tudo: manchas vermelhas de barro, tufos de vegetação, quadros domésticos encerrados entre a brancura de quatro muros caiados surpreendidos do alto, homens trabalhando nas suas hortas, mulheres estendendo roupa ao sol. O azul e o verde enchiam o ar com os seus tons fortes. Água, céu e montanhas, tudo isso a viúva olhava do alto, como se estivesse suspensa no espaço. Seguindo a linha alva de uma praia riscada além da baía, o seu pensamento ia agora em linha reta aos primeiros tempos da sua vida.

Mal se lembrava da mãe, um vulto tênue que fugia à sua lembrança... ficara órfã cedo... Do pai sim! Que bom velho! Que doce amigo fora ele sempre!...

A transparência do dia fazia realçar com nitidez todas as minúcias da paisagem, mas os olhos da viúva afeitos àquele esplendor não o observavam, tinham um fluído dourado, vago, de quem olha para coisas que outros não veem...

Lembranças antigas de pessoas, de palavras, de ideias ou de sonhos, fugidios, apagados ou mortos.

Silenciosas, no meio das águas profundas e aniladas, as Fortalezas de Santa Cruz e da Laj eviam-se distintamente, na sua triste cor de granito umedecido e velho. Na de Santa Cruz, poderse-iam contar as seteiras da casamata, como órbitas vazias; nos recifes da Laje, a onda, embora branda, punha rendilhações brancas, de espuma salitrosa; e lá ao fundo, na barra, como outras sentinelas igualmente firmes e igualmente poderosas, levantavam os seus dorsos redondos, duas ilhas em tudo semelhantes, como dois irmãos gêmeos.

As montanhas sucediam-se, esmeraldinas, escuras, azuladas ou violáceas conforme o grau de distância e a luz que as feria, e para além das ilhas o mar estendia-se, até confundir-se no horizonte num tom enfumaçado e compacto.

A areia do jardim rangeu, e a viúva voltou para a rabeca. Era a Simplícia, que ia lépida, de saias engomadas, procurando cravinas para enfeitar a carapinha, já amarrada com uma fita azul. Quando passou rente à janela, a viúva sentiu o cheiro das suas essências exageradamente impregnadas na mulatinha; fechou os olhos, sentindo preguiça de ralhar por aquela confiança...

A rapariga rabeou ligeira por entre os canteiros e sumiu-se.

O barco de vela ia também ligeiro, como uma asa branca cortando o azul, e a moça seguia-o, pensativa, lembrando fatos...

De repente o seu olhar perdeu aquela cor crepuscular, que dá a saudade, e fixou-se na cidade, como se quisesse indagar do que se passava por lá.

Surgindo de entre a verdura e a casaria, erguia-se logo em baixo, risonho e fresco, o outeiro da Glória, encimado pela igreja branca e pitoresca, contrapondo a sua poesia graciosa e aldeã à majestade ilimitada do mar.

Todo o bairro do Catete, com as suas ruas elegantes, parecia imerso numa grande paz. A esguia chaminé da *City Improvements* não sujava o ar com o seu fumo, denegrido e infecto. Subia de tudo uma poesia alegre, desde as pontes rústicas de madeira alcatroadas, que mal se viam numa curva de praia, até o deslizar da barca de Niterói que atravessava a baía, com a bandeira flutuante na ré e um rastro de espumarada na proa.

A filha da viúva jogava o *croquet* com um grupo de amigas, no pomar; mal se ouviam em casa a bulha seca dos martelos nas bolas, mais as risadas das jogadoras alegres. Tinha sido o pai, riograndense robusto e sanguíneo, quem a habituara àqueles exercícios e jogos ao ar livre.

Filho de uma senhora alemã e de um negociante português, o Simões de Porto Alegre, ele tinha recebido da mãe uma educação viril e uma saúde robusta, e do pai um pequeno patrimônio com que mais tarde se estabeleceu no Rio, quando, já órfão de mãe, o veio acompanhar até portas do hospício de D. Pedro II, onde o velho, louco, ainda viveu alguns anos terrivelmente agoniados!...

O olhar da viúva passou num voo rápido por sobre o mar, as ilhas, a cidade e as montanhas e ficou abstrato, voltado de novo aos sonhos, inconscientemente preso ao Pão de Açúcar, cabeça da formidável esfinge que descansa sobre o leito misterioso do mar o seu enormíssimo corpo de montanha, com as garras sumidas nas águas e a fronte sumida nas nuvens. O seu pensamento lá ia esvoaçando como ave ligeira, pelo tempo antigo, sem que a vista se desfitasse da pedra arroxeada do monte, cortada de grandes laivos esbranquiçados ou escuros, escorregando de cima, como se fossem lágrimas.

E o pensamento, acordado de um letargo em que jazia sepultado havia longo tempo... corria agora mais doce e velozmente do que o barco de velas lá em baixo, na solidão das águas.

Junho espalhava cores luminosas; as primaveras estavam cobertas de pétalas solferinas, as paineiras abriam sorrisos cor-de-rosa nas suas grandes flores; nas inúmeras araucárias do morro suspendiam-se estrelas de um verdor condensado e as rosas embalsamavam o ar fresco, leve, inundado de luz.

A viúva deixava-se, preguiçosamente, no mesmo lugar, a ideia longe, a carne alagada pela doçura inigualável do inverno fluminense e os olhos errando pelo que a natureza pode ter de mais idealmente formoso! O pensamento ia, ia...

– O Dias... o Luciano Dias! que lindo e que amável ele tinha sido! Sempre muito assíduo... apaixonado... meigo, desenrolando uma voz veludosa, concentrada, acariciadora... Ai, o

Luciano! fora quase seu noivo...

Luciano tinha sido o primeiro e o mais duradouro amor da viúva; cartas, promessas, juramentos, frases aquecidas na mais ardente paixão, haviam partido de um para outro nos bons tempos da juventude. Ela era ainda muito criança, ele também... como se amaram! Entretanto, ela o havia esquecido: só uma ou outra vez, por qualquer acaso, se recordava dele. Supunha mesmo que nunca mais o tornasse a ver, e que, se porventura isso se viesse a dar, ela não experimentaria a mais leve comoção; e ei-la agora alarmada, só porque lera na Gazeta a notícia da sua chegada da Europa! Havia dois dias já que ele estava no Rio, debaixo do mesmo céu, respirando o mesmo ar que ela!

Quando o encontraria? Desejava vê-lo. Uma revoada de saudades trouxe-lhe à alma todo o perfume daquele amor passado. Parecia-lhe que estivera todo aquele tempo à sua espera, como uma noiva extremosa e fiel...

Sim, desejava vê-lo, mas tinha receio.

Receio... nem sabia de que, mas tinha-o. Afinal não houvera amado nunca outro homem como amara aquele!

– O Luciano... por que a deixara ele? Que história tê-lo-ia obrigado a abandonar o seu amor?

Diziam-no leviano... volúvel... talvez o tivesse sido. Que seria agora?

Voltaria casado? Pensaria ainda alguma vez nos tempos idos, quando se correspondiam e se encontravam em casa do tio Gustavo, no Engenho Velho? Ele teria ainda na memória o beijo que lhe furtara, na face, timidamente, no dia dos anos dela? Teria sabido do seu casamento? Desconfiaria que ele se havia realizado por despeito? Dezenove anos tinham decorrido depois de tudo isso! Parecia-lhe impossível! Dezenove anos já! A verdade, porém, é que a memória do Luciano estava, havia muito, apagada no seu coração, e agora uma simples notícia, lacônica e murcha, ressuscitava-lhe na alma a saudade de todo aquele romance passado. O Luciano já lhenão saía do pensamento: era alto... magro, tinha o cabelo ligeiramente ondeado e os olhos grandes, negros, um pouco melancólicos talvez, em todo o caso formosos.

E ficou ainda por alguns minutos a pensar nas coisas que lera ou julgara ler nesses formosos olhos lânguidos e pretos.

Em que consistira a sua vida depois dessa encantadora leitura? Arranjos de casa... idas à modista... passeios inúteis pela rua do Ouvidor.... estudos de música para figurar nos saraus das amigas... um ou outro verão em Petrópolis, raro... e os cuidados pela educação e saúde da filha, pelo bem-estar do marido e por bem conservar as regalias da sua vida material, de burguesa rica.

Dias fáceis, simples, sem comoções que os marcasse. O esposo fora um bom homem, embora genioso e um pouco violento; ela era grata à sua memória e sentia-se feliz por tê-lo estimado com sinceridade, fidelidade.

Com o jornal caído nos joelhos, a viúva continuava imóvel, misturando na ideia a lembrança da morte do pai com as expressões amorosas do Luciano, o nascimento da Sara, o dia da partida do namorado e o dia do seu casamento com o Simões; a paciência do marido, os sucessos da sua voz nos concertos das Nunes, a última carta de Luciano e o primeiro beijo da filha... lágrimas, alegrias... banalidades, coisas que enchem a vida de toda a gente.

Na sua inteligência modesta todas as miudezas tomavam grandes vultos. A volta de Luciano
Dias reavivava-lhe a imaginação.

Desde a morte do marido que procurava estiolar, ressequir o seu coração de moça. O seu egoísmo maternal absorvia-a toda; não se daria a ninguém, não roubaria à filha nem um dos seus afagos, nem um único dos seus pensamentos e dos seus cuidados. Pela sua idolatrada Sara, deixaria queimar o seu corpo, cegar os seus olhos e despedaçar o seu coração. Perecesse tudo sobre a terra se só a custa desse aniquilamento pudesse o sorriso iluminar os lábios frescos da filha!

A viúva caíra numa prostração singular; por fim, sacudindo o pensamento, procurou reagir e fixar o espírito em coisas diversas.

Pensar em Luciano... para quê? Ele a deixara sem explicação, ela se casara com outro, estava tudo acabado.

A estas horas, ele teria meia dúzia de filhos, uma esposa estrangeira, um lar calmo e feliz; ela tinha uma filha moça, a responsabilidade do seu nome e da sua casa. Cada um que seguisse o seu rumo; olhar para trás seria, além de ridículo, pueril e perigoso... Na estrada da vida todos os passos que damos deixam vestígios, mas desde que desejemos voltar atrás, já não lhes encontramos as pegadas. Tudo se esvai, todas as cenas se desligam, ficando aqui e ali, como névoas esgarçadas em penedias calvas, uma ou outra lembrança, uma ou outra saudade. A vida é assim.

A viúva Simões estava a pensar nisso quando o Augusto foi entregar-te um cartão de visita.

Ela o leu e quedou-se pensativa. O sangue afluiu-lhe ao rosto, apertou com força nos dedos finos e nervosos o bilhete, indecisa. Com o olhar chamejante e o lábio inferior apertado entre os dentes.

– A resposta? - perguntou por fim o criado.
– Manda entrar.
– É extraordinário! - murmurou a viúva Simões; nunca mais pensei nele... hoje penso... e ele chega!

Aquela coincidência afigurava-se, ao seu espírito mal educado, como que um aviso sobrenatural. Já nem se recordava de que a sua memória fora despertada pela notícia da Gazeta!

Luciano! Sim. Era ele quem se anunciava! Que vinha fazer à sua casa, após dezenove anos de ausência e de completa indiferença? Que saudades vinha revolver ou que idílios acordar?

Ao mesmo tempo que estes pensamentos se atropelavam no seu espírito, ela, por um movimento em que entrava tanto de *coquetterie* como de nervosismo, ergueu-se, apoiou a mão no espaldar baixo de um fauteuil, impelindo com o pé, para o lado, a longa cauda do seu vestido de viúva. Houve um silêncio; o coração bateu-lhe com força. Soaram passos pelo corredor encerado, esses passos foram abalados na alcatifa da saleta contígua, onde a voz do Augusto indicou:

– Tenha a bondade de passar a outra sala...

Ela voltou-se com um sorriso desbotado e viu destacar-se, no fundo bronzeado do reposteiro, a figura elegante e correta de Luciano Dias...

Ele avançou, e curvando-se diante dela:

– Minha senhora...

A viúva Simões estendeu-lhe a mão que a comoção gelava e ele elegantemente beijou a mão que se lhe oferecia.

Lá fora, entre os murtais, continuavam as gargalhadas das moças, e na doida alegria da luz, voavam os pombos por sobre as árvores e o telhado do *chalet*.

Sentados um em frente do outro, a viúva Simões observava que o Luciano Dias de então era bem diverso do Luciano de outrora! Tinha os cabelos grisalhos, embora fartos, o que lhe dava um novo encanto à fisionomia viril; já não era esbelto: o seu corpo perdera a graciosa flexibilidade dos vinte anos, tornara-se um pouco grosso, o ventre arredondara-se-lhe, e no seu rosto expressivo e simpático, havia vestígios de cansadas insônias.

Por seu turno ele analisava a viúva. Achava-a com certeza muito menos fresca, mas talvez mais

encantadora. Agora tinha a graça consciente, um pouco amaneirada, em todo o caso cativante. As faces tinham descaído um pouco, mas o corpo era agora mais airoso e ondeante.

Se as olheiras se haviam acentuado e os cabelos negros estriados de um ou de outro fio branco, ao menos o sorriso tornara-se mais fino, mais inteligente e perspicaz, e para ele, homem de sociedade, no saber sorrir estava toda a arte e ciência da mulher de salão.

Ao princípio, houve certo embaraço na conversa. Esboçavam-se frases que morriam depressa. Ele não justificava a visita; ela encolhia-se com reserva. Luciano era, aparentemente, já quase um estranho! Trocaram-se falas banais.

Se a viagem tinha corrido calma... se não achava agora o Rio uma cidade feia...

Ele respondia num modo cerimonioso e discreto e ambos, escondendo com todo recato os seus pensamentos e suas lembranças, afetavam indiferença e sossego.

Um gesto, um olhar, um suspiro quebram, às vezes, os mais firmes propósitos.

Fios há que parecendo de ouro são de seda: se lhes querem prolongar muito a tensão – estalam. Foi o que sucedeu.

Luciano, depois de um pequeno silêncio, fixando a viúva nos olhos, deu-lhe os pêsames pelo seu luto.

Houve um estremecimento.

Sem saberem como, de fato em fato, vieram a falar do tempo antigo. A evocação desses dias de mocidade foi como que um pouco de sol que derretesse o gelo entre ambos, e chegou mesmo um instante em que ele, enlanguescendo a voz e os olhos murmurou baixo:

– Ernestina!

Era o nome dela. A viúva Simões levantou-se muito vermelha, atravessou a sala até um *gueridon* que ficava em frente, mudou ali a posição de uma camponesa de *biscuit*, sem perceber mesmo porque fazia aquilo, e voltando a sentir-se perto de Luciano, disse, olhando para os *zigzags* da alcatifa:

– Estou velha!
– Formosa velhice.!
– Trinta e seis anos...
– E eu trinta e nove...
– Os homens são sempre moços...

Luciano não respondeu; contemplava agora, com muita atenção o retrato a óleo do finado comendador Simões.

Ernestina, um tanto embaraçada, perguntou:

– Conheceu meu marido?

– Conheci... quando fui para a Europa, ele tinha-se associado a um amigo de meu pai, o Nunes. Vi-o no armazém, exatamente no dia da partida.

– Era muito bom homem... – murmurou Ernestina quase a medo.

– Sim? talvez por instinto, eu antipatizava com ele... perdoe-me que lhe confesse estas coisas...

Ela sorriu, ele continuou:

– Tive uma grande surpresa em Paris quando soube do seu casamento. Eu tencionava voltar cedo e julgava vir encontrá-la ainda solteira...

Luciano crivava de reticências essas frases, sublinhando-as com o olhar. Chegou ao ponto de afirmar que, se não fosse esse casamento, ele não teria vivido na Europa tantos anos...

Ernestina, atônita, respondeu com visível ressentimento:

– Mas o sr. foi como adido da legação!

– Não... mas que teria isso? Por acaso um adido de legação não pode vir buscar a noiva ao seu país?

– Inda não éramos... – Ernestina suspendeu a última palavra.

– Noivos?

– Sim, – respondeu ela com a cabeça.

– Eu assim a considerava, – disse Luciano, envolvendo-a no seu olhar de veludo. – Que faltava? o pedido ao papai!... ele consentiria por certo...

– Mas nem ao menos...

– Conclua! por Deus.!

– Não recebi nem uma linha, nem uma explicação. A sua partida era a significação de um rompimento! Foi o que eu entendi.

– Entendeu mal... não tive coragem de lhe dizer adeus... e depois, perdoe-me a vaidade! quis pôr em prova o seu afeto!

Ernestina abaixou a cabeça, subitamente arrependida de ter dado a mão de esposa ao Simões. Lamentava agora em espírito a perda de todo esse tempo, em que poderia ter vivido ao lado de Luciano, na Europa, frequentando palácios de príncipes e fazendo ressaltar, com os atavios parisienses, os seus encantos de brasileira gentil.

– Afirmaram-me que o senhor ia para sempre... – murmurou ela por fim.

– Calúnias... aposto que foi o Simões quem lhe disse isso?
– Talvez...
– Mas como foi que ele conseguiu fazer-se amar! era um urso, lembra-me bem, era um urso!
Desta vez foi Ernestina que murmurou como um queixume:
– Sr. Luciano!
– Isto não é falar mal, mas sempre gostaria de saber... como foi?
– O casamento foi feito... meu pai queria... eu cedi.

Ernestina não teve coragem de levantar os olhos; receou ver erguer-se da sua cadeira de veludo escarlate, na grande tela em frente, o marido terrível e ameaçador. Enquanto Luciano lhe dizia quanto tinha sofrido com esse casamento e a espécie de alívio que sentira ao sabê-la viúva, enquanto ele, cheio de sedução, se apoderava da sua mão esguia e branca e lhe dizia que viera da Europa por ela, só por ela; Ernestina, trêmula, envergonhava-se da sua mentira, parecendo-lhe sentir os olhos do esposo fixos nela.

O casamento feito pelo pai! Mentira! O Simões fora aceito por despeito dela com o outro, o Luciano, mais nada. O pai não interviera, ficou até surpreso quando o negociante lhe pediu a filha. Em verdade, ele, o bom Simões, fora requestado pela moça! O plano fora seu; queria casar, ser rica, vingar-se de Luciano, que a perseguia sempre nos bailes, nos teatros, em toda a parte, e que afinal, sem uma explicação deixava-a para ir para França!...

O comendador Simões tinha sido um bom marido, carinhoso, cortês, sempre pronto a dar-lhe tudo quanto ela desejasse, vestidos caros, casa ajardinada, mobílias modernas, vida farta, confortável e doce.

Ela tinha consciência disso tudo, gozara a seu modo, conforme as exigências da sua educação burguesa. Se não tivesse tido a filha, talvez que a própria comodidade em que vivia imersa a tivesse feito procurar os gozos efêmeros da sociedade, mas a sua pequenina Sara prendia-a aos deveres da casa, preocupando-a muito...

– Então seu pai obrigou-a a casar? – perguntou Luciano numa insistência maldosa.
– Obrigar propriamente não... aconselhou-me e achei que era do meu dever obedecer...
– E não se arrependeu, Ernestina? Não lhe ocorreu nunca à memória a lembrança de alguém que sofreria muito com o seu casamento?

A viúva Simões corava, alisando com a mão a prega do seu longo vestido. Conteve o desejo de contar quanto tinha chorado, na manhã do casamento, com a lembrança de Luciano... Ocorreu-lhe também o constrangimento que tinha sentido, no dia seguinte, pelo marido, vendo-o comer com a faca, ao almoço. Vieram-lhe à mente cenas desligadas, que ela repelia, sem atinar com uma resposta.

Luciano aproximava-se dela, envolvendo-a com a sua voz quente e o seu olhar macio e caricioso, ali mesmo, bem em frente às barbas fartas e ruivas do comendador Simões. As suas palavras escorriam como o mel de um favo. Ernestina, sempre de cabeça baixa, tinha o sorriso paralisado, sem coragem de pôr um dique àquela ternura perigosa.

Ele ousava queixar-se de ter sido esquecido! A viúva não protestava. Entretanto, lembrava-se bem! Nos primeiros meses de casada, aborrecia o marido e disfarçava mal esse sentimento. O seu sonho tinha sido casar e partir. Ir a Paris ver Luciano, tratá-lo com desprezo, fingir-se feliz... O marido opôs-se à viagem, o único desejo em que a contrariou, expondo-lhe razões de comércio e fortuna... Sair do Rio era impossível então: prometeu que mais tarde percorreriam o mundo!

O tempo e a convivência desvaneceram o desamor da esposa. O nascimento de Sara acabou de solidificar a aflição de Ernestina pelo marido. O pensamento de ambos convergia para a pequenita; tinham ambos o mesmo cuidado, encontravam-se ao mesmo tempo a beijar o mesmo rosto ou a embalar o mesmo berço... As suas conversações mais intimamente doces eram a respeito da Sarinha, vendo-a brincar dos joelhos de um para os joelhos do outro, a dizer com igual ternura.

– Papai... ou mamãe!

Essas coisas iam voando pelo espírito da viúva, enquanto Luciano lhe dizia que viera de Paris por sabê-la livre, do contrário lá estaria ainda...

Falando sempre, doce e mansamente, ele pegou-lhe na mão e retirou, muito devagar, a aliança de ouro que ela ainda usava no dedo.

Ernestina consentiu. O anel rolou para o chão.

– Sempre julguei que o senhor voltasse casado.

– Não se lembrava que os homens são menos volúveis do que as mulheres...

– Oh!

E Ernestina riu-se.

– Temos uma prova em nós mesmos.

Ernestina, já menos perturbada, perguntou, fixando em Luciano um olhar claro e sério:

– Diga-me uma coisa, com toda a franqueza e lealdade: por que saiu do Rio sem me mandar ao menos um bilhete, uma palavra qualquer de despedida?

– Mas eu já lhe disse.

– Não, – interrompeu Ernestina, – a razão apresentada não é aceitável. Pôr em prova o meu afeto!

Isso não é coisa que ocorra a um namorado de vinte anos.

– Incompletos... – acrescentou Luciano com um sorriso.

– Demais a mais!

– Realmente éramos muito crianças...

– Não fuja a minha pergunta, lembraremos isso depois...

– Que maldade! Por que não há de acreditar no que eu disse? Quis pôr à prova o seu amor; além disso, meu pai, note que meu pai é que era secretário da legação e não eu, impôs-me essa viagem; negócios de família complicados e que nem mesmo a gente, depois de passado o tempo, sabe explicar! Eu era o secretário de meu pai... foi isso naturalmente o que fez com que lhe dissessem que eu tinha ido como adido. Inda a pouco não esclareci esse ponto para não interrompê-la...

– Bem! vejo que o senhor é teimoso e não quer dizer o motivo de um rompimento tão inesperado... Seja. E mesmo, agora, que nos importa isso?

– Ficou zangada comigo?

– Muito

– Perdoa-me?

Ernestina teve vontade de dizer – esqueci-o – mas calou-se; toda a sua energia e resolução tinham-se despedaçado!

– A senhora casou muito cedo...

– Com dezoito anos incompletos...

– Quantos meses depois da minha partida?

– Cinco...

– Que barbaridade!...

Riram-se. Lembravam-se juntos do passado.

Tinham começado a amar-se em casa de um tio de Ernestina, ela com quinze anos, ele com dezoito... uma criancice de que Ernestina se teria esquecido, se o seu casamento não tivesse sido feito por despeito disso. Luciano era então estudante de medicina; o pai morava em Minas e ele hospedava-se em casa de um negociante, Gustavo Ferreira, no Engenho Velho.

O negociante era o correspondente e o amigo mais querido do pai de

Luciano e era também o irmão preferido do pai de Ernestina. Isso os ligou.

O tio Gustavo, como ambos diziam, não tinha filhos, a mulher passava a vida doente, sempre queixosa e asmática, no entanto, ela vivia ainda e ele tinha morrido de um ataque apopléctico.

– Seu pai? – Perguntou Luciano
– Morreu... Daquele tempo só vivem a tia Mariana e a Josefa.
– Que Josefa?
– Aquela mulata lá de casa... que lhe fazia muita guerra.
– Uma baixa... queixuda...
– Isso mesmo...
– Tenho ideia... sim... que interceptava as minhas cartas!...
– Exatamente.
– Deve estar muito velha!
– Não...
– Como o tempo passa!
– E que saudades o senhor veio trazer-me da minha mocidade!

Ouvindo de longe uma gargalhada argentina e fresca, a viúva Simões disse:

– Minha filha! é preciso que a conheça; vamos ao jardim!
– Uma filha!... – tornou Luciano com tristeza, ali está uma lembrança do outro que me amargura bastante...
– Ela é um anjo!
– Tanto pior...

Ernestina tornou-se muito séria, o seu olhar até ali inefavelmente doce, ficou de repente áspero, por ofendido.

– Vamos, desejo mesmo cumprimentar Melle. Simões, murmurou Luciano, emendando o seu erro, e demonstrando interesse pela menina.

– Pois sim, mas prometa-me...
– O quê?
– Não é nada, vamos? – E a viúva passou adiante.

A sala tinha portas para uma varanda de ladrilhos cor-de-rosa e colunas finas de ferro bronzeado. Dali, descia-se por três degraus baixos e muito largos para o jardim. O sol de junho iluminava tudo com uma luz risonha, e nos largos canteiros relvados as flores rubras das casadinhas pareciam gotejar o sangue nos seus braços espinhosos.

A viúva Simões ia adiante, erguendo a cauda do vestido preto; Luciano admirava-lhe a graça do andar e a cor levemente morena do seu pescoço roliço e delicado. Dando volta ao jardim, foram parar a uma segunda grade; a dona da casa abriu e entraram no pomar. Aí, num espaço bem varrido, nivelado e todo guarnecido em derredor por bambus, é que Sara e as amigas jogavam o *croquet*.

No momento em que entraram, exatamente quem jogava era a filha de Ernestina. Não lhe viram a cara; estava curvada para diante; o vestido arrastava na frente, mostrando-lhe atrás os tornozelos finos e as meias pretas riscadas de cinzento. A mãe deixou-a jogar, e, ao vê-la erguer-se, bateu-lhe levemente no ombro. Sara voltou-se.

Luciano observou-a com curiosidade.

– Mas é já uma moça! – observou ele atônito.

– Eu não lhe disse que estava velha? – perguntou Ernestina com um sorriso.

Olhando atentamente para Sara, Luciano resumiu assim o seu juízo: a cara do pai! – ponham-lhe umas barbas vermelhas e aí teremos o comendador Simões.

Sara não era alta como a mãe, nem tinha a gentileza do seu porte aristocrático. Tinha a cabeça um pouco grande e forte, a testa arredondada, os olhos castanhos e inteligentes, o cabelo de um louro ardente e luminoso, a boca risonha, os dentes sãos.

O que encantava nela era o bom ar de saúde, de inocência e de alegria que se emanava do seu olhar franco, da sua pele rosada e fresca, e da sua boca simpática.

Pareceria um rapaz vestido de mulher se não tivesse uma expressão tão ingênua e se os cabelos não lhe cobrissem as costas numa trança tão longa e tão farta.

Falava alto, e conquanto de tom autoritário, a sua voz era doce e clara.

Ganhara a partida e estava vitoriosa; estendeu a mão a Luciano, como se fosse a um amigo velho, com uma franqueza descuidada. Impelindo para trás o cabelo que lhe voava para o rosto, convidou as amigas para outra partida, mas as companheiras estavam cansadas, e ela começou a juntar o aparelho numa caixa, contando ao mesmo tempo à mãe o fiasco de Georgina Tavares. Uma graça!

A Georgina era uma moreninha galante, filha de um advogado da vizinhança, e a maior amiga de Sara. As outras eram quatro sobrinhas do dr. Tavares, filhas de um médico do Espírito Santo, e estavam passando uma temporada com a prima. Vestiam mal e encolhiam-se envergonhadas, umas de encontro às outras.

Ernestina voltou para dentro em companhia de Luciano. Atravessaram calados o jardim. No primeiro degrau da varanda, a viúva perguntou, parando de repente com a mão sumida na trepadeira que envolvia uma das colunas:

– Que tal achou minha filha?

Ele moveu a cabeça com um sorriso, estendeu, depois de alguma hesitação, os beiços em bico, e não respondeu.

– Quer dizer que lhe desagradou...

– A senhora parece-me ser uma dessas mães excessivas a quem não se pode dar uma opinião franca dos filhos?

– Engana-se, – respondeu secamente a viúva.

– O melhor é não perguntar nada. Ao contrário, eu quero saber qual a sua impressão! Tenho empenho nisso!

– Manda?

– Exijo!

– Então aí está: acho-a feia!

– Feia! mas em quê!?

– Em tudo, menos no cabelo, que assim mesmo tem o defeito de ser um pouco avermelhado, e na cor da pele. Admira-me como não tem sardas, que são quase uma consequência do tipo.

– Antipatizou com ela, é o que eu vejo!

– Não... – balbuciou Luciano vacilando.

– Sara é um anjo.

– Muito parecida com o pai!

– Ora.

– Antes tivesse saído à mãe, – concluiu Luciano, seria muito mais formosa e menos...

– E menos?

– Quero dizer – mais agradável para mim.

Ernestina, apesar dos esforços por encobrir a tristeza que essas palavras provocaram, deixou-a transparecer, e Luciano despediu-se com uma certa frieza, como se estivessem amuados.

CAPÍTULO II

– Então você foi hoje a Santa Tereza? – perguntou o Rosas a Luciano Dias.
– Fui...
– E então, que tal?
– Ainda fresca! Bonita!
– É bonitona, é.
Conversavam acerca da viúva Simões.
O Rosas acabava de jantar com o amigo regaladamente, na sua saleta do pavilhão, no Flamengo, com vista para o mar. Estavam sós; o criado levara o café e eles tinham acendido os charutos.

A tarde caía serena e bela num esmaecimento de tons delicados. Diante da porta aberta do pavilhão, a rua larga e arenosa do jardim estendia-se com uma brancura pálida, sem brilho, e nos largos canteiros relvados, batidos de sombra, as palmeiras ornamentais abriam muito as folhas, como enormes mãos espalmadas. Entre o verdor enegrecido das plantas, sorriam de vez em quando rosas claras, cor de carne moça, e os arbustos das azaleias brancas destacavam-se muito, todos cobertos com as suas flores de neve.

Do outro lado, pelas janelas abertas, vinha o marulho das ondas a morrerem na praia.

– Já tenho licor... – disse Luciano, respondendo a um gesto do Rosas, que tornara a encher o seu cálice e passava a garrafa ao amigo.

– É bom; isto reanima e conforta o estômago. E depois de um trago em que esgotou o cálice:

– Pois você fez mal em ir à Simões... pode comprometer-se e depois não ter remédio, senão...

– Casar?
– Casar.
– Qual!

– Veja o que aconteceu comigo!

O Rosas, homem já dos seus cinquenta anos, gordo e calvo, cansado do seu viver de solteirão, tinha-se casado, para um ano depois separar-se da mulher, com grande escândalo.

A pobrezinha tinha sido uma cabeça tonta e bonita. Passara a mocidade a ler novelas dos jornais e a fazer *crochet* à janela da casa do pai, em S. Cristóvão.

Montépin lançou-lhe no espírito a semente da inveja das fidalgas loiras, de mãos de cetim e olhos de veludo turquesa. O *crochet* dava-lhe tempo para remoer mentalmente cenas de amor adúltero deslizadas nos parques alfombrados de castelos provincianos. Quando se casou, o Rosas tinha ainda todos os gostos do negociante pacato e burguês. Como isso fosse por 1890, no período efervescente do jogo da bolsa, em que os luxos se assanharam até o desmando, não custou muito transformá-lo. Foi ela, portanto, quem o acostumou àqueles jantares no pavilhão, quem o obrigou a comprar carro, a frequentar o lírico, até que um belo dia – zás! Lá se foi mar em fora com um primo dele, levando todas as joias e deixando por despedida algumas linhas mal escritas.

Entretanto, aquele golpe não o desesperou; tinha mesmo facilidade extrema em aludir a ele.

Chegava a ponto de constranger os amigos. Um deles notou-lhe um dia:

– Homem! há certas infelicidades que se escondem...

– Ao contrário, – respondeu-lhe o Rosas, – há certas infelicidades que devem ser espalhadas para servirem de exemplo!

Lá tinha o seu modo de ver.

– Há muitos meses que não vejo a Simões, – prosseguiu o dono da casa, fincando o cotovelo na mesa e erguendo até a altura da calva a mão gorda e curta, em que luzia um enorme brilhante.

– Eu, já agora hei de morrer solteiro, – disse Luciano pausadamente. – Conheci por alguns anos a vida de família, fui tão feliz quanto podia ser nas condições em que me achava, e isso me bastou.

– Alguma ligação.

– Sim. Uma rapariga por quem me apaixonei... vivemos quatro anos juntos. Hei de ter sempre saudades desse tempo... ela era linda e era um anjo!

– Um anjo com asas para fugir depois de quatro anos de ventura, não é assim?

– Não.
– Foi você que a deixou?
– Morreu.
– Ah!...
Houve um instante de silêncio. O Rosas prosseguiu:
– Sabe que eu estava mal com o Simões?
– Não... por quê?
– Negócios.
– Ouvi dizer que ele era um homem mau.
– Não era tão.
– Por mim não sei nada. Eu mal o conheci.
– Ele era um pouco irascível e muito extremado nas suas opiniões, mas era o que se pode chamar homem de bem! Na questão que tivemos, eu mesmo confesso, hoje, bem entendido, que a razão estava do lado dele.
– Então?
– Que quer? tive maus conselheiros. Essa é que é a verdade.
– Ele era português, não era?
– Não... riograndense, filho de alemã e de um negociante que morreu doido, aqui no hospício; ainda o conheci... O Simões tinha puxado ao tipo da mãe, era vermelho e ruivo; morreu de congestão. Já se esperava isso mesmo, era um touro, pescoço curto, cabeça grande...
– A filha parece-se muito com ele, deve ser violenta e forte. É feia.
– Tem uma filha só?
– Só...
– Pois o Simões não era mau homem. Um poço curto de ideias... Se a menina sair ao pai, não será atormentada pela inteligência...
– Agora diga-me: acerca do comportamento de Ernestina nunca se falou?
– Nunca ouvi nada! Gozou sempre de reputação. Isso a meu ver não tem valor. Há mulheres tão sonsas!
– Que diabo! nem um amante, hein?
– Nenhum, que me conste.
– O Simões deixou grande fortuna?
– Não sei... calcula-se nuns quatrocentos contos, talvez.
– Não é má soma... Pois se não fosse o demo da filha, quem sabe? Talvez que realmente eu caísse na asneira de casar...
– Você não quis quando ela era moça, e então agora...

– Quando era moça, era pobre... Mas o que me metia mais medo, ainda assim, não era a pobreza, eram os olhos dela!

– Os olhos!

– Receava que viesse a suceder-me o que sucedeu a você. Ernestina tinha uma beleza provocante, de espantar maridos!

– Pois foi uma boa mulher... Essas coisas enganam. A minha era mansa como um cordeiro, olhos postos no chão... parecia um anjo! Caí como um patinho... e aí está o resultado! Ora! estou livre! Isto de casamento é o diabo! Evita Santa Tereza!

– Não há perigo! Preciso de alguma coisa para entreter o tempo...

– Trabalha...

– Em quê! Perdi o costume. Depois o que tenho dá-me para viver...

Luciano levantou-se e foi à janela, enquanto o Rosas sacudia com o dedo a cinza do charuto.

– Sabe! – disse Luciano sem se voltar, e prosseguindo logo: – estou encantado com a minha terra.

Que beleza!

– Homem, não é isso que costuma dizer quem vem da Europa...

– Ora! Onde viu você nunca uma cidade com vistas destas?! e apontou com um gesto largo a baía em frente.

O Rosas levantou-se e foi encostar-se ao peitoril ao lado do outro. Ficaram silenciosos vendo os últimos raios do sol iluminarem com uma luz policroma parte do mar. De um lado tremulava uma rede malhada de ouro cintilante, mais além uma nuvem vermelha refletia nas águas um tapete de rosas, e em outros pontos apareciam manchas violáceas e sombrias que iam crescendo e movendo-se na onda. Na areia clara destacavam-se velhas pedras escuras, em que as algas se apegavam, como aranhas secas.

– Vamos dar um giro, – interrompeu o Rosas, – pouco afeito às contemplações da natureza.

E saíram os dois.

CAPÍTULO III

Luciano e o amigo desceram pela rua do Catete conversando e devagar, num exercício de boa digestão.

O Rosas bamboleava o corpo curto e grosso, com o veston azul aberto na frente e as mãos sumidas nos bolsos; o Luciano ia ao lado, distraído, com os braços p'r'as costas e o bengalão suspenso entre as duas mãos.

Os bondes passavam cheios. Em uma ou outra casa, iam-se moças à janela, quase todas bonitas, bem vestidas.

Ia caindo docemente a noite. Um *propheta* corria de lampião a lampião, com a blusa de zuarte flutuante, o varal erguido e o chapéu enterrado até as orelhas.

A rua tinha trechos menos tumultuosos de feição aristocrática, onde as casas não se abriam tão burguesmente à poeira e à curiosidade de fora; mas logo em outro quarteirão, tudo mudava, aspecto de pessoas e de coisas, como se se tivesse dado um salto para outro bairro. Então, em vez de prédios grandes, de cortinas cerradas e plantas ornamentais nas entradas, eram as casas apertadas, desiguais; e, de vez em quando, ou um frege tresandando a azeite e sardinhas, ou uma quitanda apertada, cheirando à fruta apodrecida e à hortaliça murcha. Nesse ponto andavam crianças aos magotes pela calçada, de mãos dadas, embaraçando os transeuntes. À porta de um barbeiro ou de outra qualquer casa de negócio, sufocada por prédios maiores, conversavam algumas pessoas com muitos gestos e poucas risadas.

Luciano prestava atenção às mínimas coisas, querendo em vão comparar o aspecto dessa rua de então, como do tempo em que ali tinha morado, havia largos anos!... A diferença estaria na sua maneira de olhar? – perguntava ele a si mesmo.

O Rosas conhecia meio mundo, morava por ali havia muito, por isso cumprimentava quase toda a gente; quando o fazia a alguma senhora chique, Luciano não tardava em perguntar-lhe:

– Quem é?

Pelo meio da rua, rolavam maciamente os carros particulares, de volta do passeio a Botafogo e em demanda dos lares. O Rosas citava o nome das donas, gente boa, frequentadora do Lírico e de Petrópolis.

O Luciano pedia-lhe que o apresentasse, não conhecia ninguém, e era sociável, afeito às saias e a conversações com senhoras.

O Rosas sorria.

– Você está-me com cara de conquistador.

– Ora...

– Hoje apresentar a gente um amigo como você em casa de outro... é um perigo... enfim, não direi que...

– Faça-se de puritano!

– E sou; desde que me sucedeu o que você sabe, então, nem se fala!...

– Ora, adeus!

Nisso o Rosas apontou para um carrinho elegante e leve, que vinha da cidade guiado por uma moça de claro, airosa, bem sentada na almofada. Como a luz já fosse escassa, Luciano não a pôde ver bem. Atrás dela, desenham-se as *silhouéttes* de dois lacaios empertigados.

– Quem é? – inquiriu Luciano, reparando para um gesto do Rosas.

– Clara Silvestre... uma ex-atriz do Recreio.

– Parece chique.

– É uma das mais bonitas, aí...

– Apresenta-me?

– Sem escrúpulo.

Houve um sorriso. Passavam pela esquina de Santo Amaro. Luciano parou, mostrando um prédio em frente.

– Já morei naquela casa... era então rapazinho, andava às voltas com exames de francês.

– Você não foi nascido e criado em Minas?

– Não. Ali ao lado era uma padaria e aqui, nesta esquina, um armazém.

– Já as reminiscências vão tomando um caráter mais positivo. Mas, que diabo! Não me lembra que seu pai tenha morado aqui!...

– Pois não, foi só depois do meu nascimento que meu pai se resolveu a ir para a província; voltamos de lá por doença de minha mãe. No fim de dois anos, ela morreu, meu pai regressou para a província, e eu fui então morar com o nosso correspondente, o Gustavo Ferreira...

– Tio da Simões...

— Sim, tio da Simões...
— Conheci-o. Morreu, sabe?
— Disse-mo a sobrinha.
— Ah... Ela o pôs ao corrente de todos os sucessos... Falaram do passado?
— Um pouco...
— Devia ter sido linda, a Simões.
— Esplêndida! e depois viva, alegre!... parece muito mudada. Era de meter medo!... Hoje não é a mesma... ainda assim... não lhe digo nada...
— É chique. Agora, fora de caçoada, não se ponha a brincar com o fogo inutilmente! A Simões é séria; você deve evitar a convivência, visto não querer casar. Conheço bem a nossa sociedade... isto está feio...
— Que mania!
— Tome sentido!
— Que diabo! Ernestina é uma viúva, não é mulher que se deixe iludir... Será capaz até de me iludir a mim!
— Qual! E quer saber uma coisa? Em todo este desmando em que vivemos, eu não culpo as mulheres, culpo os homens. Elas são boas.
— Ora essa!
— Se você quer a Simões, case-se com ela.
— Isso não.
— Então não volte a Santa Tereza.
— Eu tenho muita prática... conheço bem as mulheres!...
— Pode enganar-se uma vez. Você agora está em Paris...
— Parisiense ou não, a mulher é sempre a mesma!
— Pois sim! ouça o meu conselho!
— Ora!

A noite tinha caído completamente. Durante a travessia do cais da Glória, sentiram frio. O Rosas falava sempre, Luciano mal o ouvia, com o pensamento afastado.

Atravessavam agora a rua da Lapa.

Moças cheias de fitinhas e de papelotes recostavam-se ao peitoral das janelas baixas; na Calçada, os moleques assobiavam o Chegou, chegou, chegou, e os baleiros roçavam pelas crianças, oferecendo-lhes balas. Ali não podiam conversar, a calçada era estreita, muito atravancada; Luciano caminhava atrás do Rosas, reparando para os tipos, admirado de ver tão poucas pretas. Uma ou outra mulata cruzava-se de vez em quando no caminho, carregada de essências e de laços, muito espartilhada, exagerando a moda do vestido e do penteado. Onde se teriam metido os pretos do ganho, os minas, de cara retalhada, rodilha na cabeça, cesto na mão? E o fervilhamento de crioulas na rua, de vestido de riscado e manga curta, mais a quantidade de formosas baianas, muito limpas, como seu belo traje flamante, a camisa de renda, o turbante airoso, o pescoço e os braços cheios de contas de vidro e de corais, a mantariscada, a tiracolo, a sala muito franzida rebolando aos movimentos dos sólidos quadris carnudos, e as chinelinhas tique-taque nas calçadas?

E os *chins* de trança longa, roupa de algodão grosso, vara no ombro, gigos pendentes, percorrendo as ruas num passo apressado e ferindo o ar com a sua voz achatada – camalon – péce!? E os crioulos que vendiam calçado em caixas envidraçadas, apregoando, numa melopeia grave e prolongada – Sapato! E as gôndolas, diligências desengonçadas, suspensas sobre as suas quatro rodas altas, rodando aos solavancos sobre os paralelepípedos, num fracasso tremendo? E os meninos vendedores de cana, entoando musicalmente:

– Vai cana, sinhá, vai cana, sinhá, vai cana, sinhá, bem doce!? E os carregadores de pianos, empunhando o caracaxá tradicional, que vinha desde longe num rumor inconfundível?

Que vento dispersara aquela gente? para que país teriam fugido todos aqueles tipos a que se habituara na infância? Agora só via caras estrangeiradas, muitos italianos, turcos imundos, quase toda a gente branca, muito luxo, muitas equipagens, cavalos de raça guiados por titulares, com lacaios e *grooms* ingleses, muitas *toilettes* vistosas, muitos brilhantes e uma variedade infinita da cores nas bandejas de balas e nas cabeças das burguezinhas pobres, cheias de papelotes!

De dia para dia, as coisas mudam de aspecto e muda a observação dos olhos que as veem.

Luciano sentia saudades da sua maneira de ver e de sentir de outrora! Então as impressões ficavam-lhe sem que o espírito as analisasse, agora submetia tudo à crítica e à comparação estúpida e fatigante, sem conseguir fixar bem no espírito o caráter especial do lugar e do povo por que passava.

Tinham chegado ao largo da Lapa e encaminharam-se para o passeio. O Rosas retomou o fio da conversa; para ele era ponto de fé: a felicidade no lar era prejudicada pelo marido.

– Somos uns viciosos – acrescentava ele – pensamos em duas coisas

– roleta e mulheres; ainda no Rio não é nada, mas nas províncias? Nós damos às nossas esposas o luxo que podemos, mas não as associamos aos nossos empreendimentos, não as fazemos entrar em nosso espírito. Compreende você? São objetos de luxo e de comodidade... também percebendo isto mesmo, algumas delas, desde que não nos faltem botões na roupa branca e o almoço à hora certa, não têm muito escrúpulo em nos retribuírem as mentiras que lhes pregamos.

– Homem! Você é um original! Se outro o dissesse...

– Isto não quer dizer que a maioria das famílias aqui não sejam honestíssimas!

– Honestidade é palavra que se não usa em países civilizados...

O Rosas não respondeu; seguiram pela alameda da esquerda até o terraço, fugindo ao povo que se aproximava do *restaurant*, à espera da música.

E foi então à luz das estrelas que tremulava lá em cima entre flocos de nuvens, e ao olhar das ondas cá em baixo, que um desfiar de anedotas, de parte a parte, os obrigava muitas vezes a parar e a torcerem-se de riso.

Uma hora depois, despediram-se. O Rosas ia para um voltarete com amigos, e Luciano para o teatro.

CAPÍTULO IV

O caráter de Ernestina ia-se transformando rapidamente. Depois da visita de Luciano, ela passou uns dias muito sombria e ríspida, indignada consigo mesma contra as ideias que lhe iam nascendo como rebentões novos em tronco maduro, diversas em tudo das antigas, que se despegavam como folhas secas... Enraivecia-a a lembrança da sua fraqueza e condescendência, deixando Luciano recordar coisas perigosas... Ah! se pudesse voltar atrás, recomeçar todo o tempo da visita, como se faria impassível, serena e austera!

As coisas agora eram bem outras! Ainda há pouco tempo, ela não saía de casa e impunha à filha, rigorosamente, todos os preceitos e as tristezas do luto. Eram então baldados os convites da Georgina Tavares, que morava ao lado e que não faltava com os pais a instâncias e oferecimentos. Nada! Sara tinha muitas vezes desejo de ir a uma ou outra *soirée*, mas respondia gaguejando que não, à espera que a mãe consentisse.

Ernestina conservava-se muda, e Georgina retirava-se desapontada e triste. No dia seguinte esta corria logo cedo a vazar nos ouvidos da amiga as suas impressões do baile ou do teatro, e era então um chilrear de risadinhas sufocadas e de exclamações por coisas apenas entrevistas por uma nas descrições muito falhadas e entrecortadas da outra.

Sara perguntava pelas *toilettes* mais lindas do baile, e Georgina explicava-as com uma minúcia surpreendente. Assim o enredo dos dramas. Que de lágrimas rebentavam dos olhos de ambas e que desfolhar de risos tinham os seus lábios de meninas, quando Georgina transladava para aquele sereno canto do jardim os gritos de agonia ou as frases jocosas que ouvira no palco!

E era só:

– Meu Deus! Você não imagina! Que coisa bonita!

– Conte o resto! – suplicava Sara com olhar ávido e ouvidos bem abertos.

E as cenas atropelavam-se.

Georgina ia e vinha muito ligeira, esquecia minúcias que ligavam o entrecho, voltava atrás, parava de repente para um detalhe, descrevia os vestidos das atrizes e atrapalhava-se a miúdo embrulhando cenas ou repetindo frases.

Às vezes, num ou noutro ponto, confessava: aqui não entendi bem! e, outras vezes então, a sua imaginação colaborava em grande escala com o autor da peça, descrita e ampliada.

Sara impacientava-se, tirava por conclusões, farrapo a farrapo, o drama inteiro! Como deveria ser lindo!

Na manhã seguinte a uma récita do Lírico, Georgina ia mais cedo para a casa da amiga, havia mais que contar. Em primeiro lugar, descarnava-se o libreto, depois o cenário. Georgina movia o seu corpo leve e delgado, explicando com muitos gestos:

– A cena representava o mar, ao fundo; à esquerda uma igreja com torres, sino e tudo. Aqui, e apontava para um canteiro de jurujubas, havia uns degraus, ali (outro canteiro) uma casa grande com um portão em arco; à direita, as ruas. Quando a Theodorini entra, com um grande véu branco pelo rosto e o vestido de noiva a rastos, a gente sente um calafrio – que não pode explicar.

Podia; Sara encolhia os ombros, imitando insensivelmente o movimento da outra.

– Que pena que você não ouça a Theodorini!
– E a música?
– Ah!... Georgina levantava embevecida os olhos ao céu. Sara suspirava, lamentando não ter ouvido e visto tudo aquilo.

Passava depois à descrição dos espectadores.

– Estavam muitos conhecidos?
– Alguns. O Breves foi falar conosco num intervalo; perguntou por você...

O Breves era sempre o primeiro mencionado por ela, por fazer a corte a Sara.

– Que me importa o Breves! E o Raul?

O Raul fazia a corte a Georgina.

– Estava também.
– Olhou muito p'ra você?
– Olhou... Eu fingi que não o via... por causa da mamãe...

Seguia depois a relação dos camarotes. As Mendes; duas de azul, duas de cor-de-rosa; já um pouco amarrotadas pelos anos, mas, com o muito pó d'arroz e alguns brilhantes, ainda faziam vista...

O pai, em pé, atrás delas com as barbicas brancas espetadas e a sua eterna posição de braços cruzados, parecia um lacaio...

– A Helena Gomes estava?

– Muito chique! Toda de branco, com pérolas no pescoço e violetas na cintura... o marido, que tolo!

Deixava de olhar para ela para se derreter para a prima, que é uma lesma!

– Que prima?

– Para a D. Catarina!

– Ah! Aquela a quem você me apresentou no hotel da Boa Vista?!

– Essa mesma! Está seca e com umas olheiras que lhe comem a cara! Horrível!

– A Helena vinga-se...

– Isso é verdade!... lá estava o Seixas no mesmo camarote...

– Assim mesmo têm sido fiéis...

Riam-se. Comentavam tudo. O focinhozinho inteligente de Georgina farejava todo o teatro, descortinava sorrisos que partiam de uns para outros, leves e sutis como o voar de arminhos soltos. A ingenuidade dos quinze anos era uma história nessa criatura frequentadora da sociedade em que todos os vícios se expõem tanto à luz. Curiosidade e perspicácia, sim, tinha de sobra, e quando comentava erros alheios, punia sempre os delinquentes, afirmando:

– Quando eu me casar, não hei de incorrer na mais pequena falta!

Partiam quase sempre dessa frase no batel de ouro do futuro, a fazer e desfazer sonhos, até que se separavam com dois beijos.

Antes disso, ainda num lamento por não ter visto o mesmo que Georgina, Sara suspirava:

– Se papai fosse vivo!

Era o ponto final.

Ernestina, que fora sempre inflexível às solicitações da filha para saídas e divertimentos, mudara completamente de parecer depois da visita de Luciano.

Agora, ela não sabia mesmo por que, sentia necessidade de andar, divertir-se, num ambiente diverso do seu.

Pouco a pouco, com a tardança que Luciano punha em fazer-lhe a segunda visita, esse desejo aumentou, caracterizando-se nela a vontade que tinha de encontrá-lo na rua, num jardim numa sala, em qualquer parte, como obra do acaso.

Ernestina lembrou à filha *toilettes* novas, como pretexto para descer à cidade.

Era a sua primeira tentativa. Sara exultou. Estavam ao almoço; comeram com apetite, conversando numa camaradagem risonha. Bonito sol... dia fresco. Belo passeio! Logo ali fizeram uma lista de coisas precisas.

Ernestina disse à filha que se não vestisse antes das duas horas, e dirigiu-se para o seu quarto. O diabinho da Simplícia é que sabia bem o lugar de todas as coisas, e veio pressurosa ajudar a ama, observando-a de esguelha, como se lhe estudasse os movimentos. Começou a dispor das roupas para a saída, com o maior esmero. Os crepes do luto passavam do guarda-vestidos para cima da cama, onde Ernestina os examinava com cuidado.

A Simplícia ia e vinha, sumindo as mãos magras nas gavetas, retirando as roupas brancas e os fichus, lenços e meias de seda. De vez em quando, num giro rápido, ocultava no seio, sutilmente, um rolo de fitas, sem que a viúva desse por tal, mas vinha logo estender na cama o leque, as luvas, o véu, a saia de seda, até o chapéu de sol, que ela escovava com minúcia.

Tudo pronto, Ernestina mandou-a sair, mas a rapariga achou jeito de se chegar para o guarda-vestidos, ainda escancarado, e de exclamar com modo lisonjeiro:

– Iaiá é a moça de mais gosto que há em Santa Tereza!... É preciso Iaiá se casar outra veiz para usá seus vestidos claros... Hi! Iaiá fica bonita com roupa clara!

Ernestina corou; e vendo os olhinhos da mulata fixos nela, disse com aspereza:

– Vai-te embora.

A Simplícia saiu, e a moça fechou-se por dentro. Foi então para outro quarto contíguo, onde estava o toucador. Sentou-se em frente ao espelho e ensaiou penteados novos acientemente, a ver se algum lhe ficaria melhor que o habitual; venceu por fim o costumado; o cabelo parecia ir tombando sozinho, nas ondulações naturais. A viúva curvou-se, observou de perto os dentes, perfumou-se muito, sorrindo para o espelho, achando bonito o seu rosto oval, onde as pestanas faziam sombra.

Em frente dela, sobre o mármore, o perfumista Guerlin parecia ter despejado, profusamente, os seus mais finos produtos. Potes de porcelana, vasos de cristal, bocetas de veloutine exalavam um aroma confuso, forte, entontecedor.

Sozinha naquele quarto em que a sua imagem se duplicava, Ernestina estudava os seus movimentos procurando ao mesmo tempo adivinhar qual seria, entre tantos, o perfume preferido de Luciano.

O musgo?... Quem sabe? Talvez... fazia lembrar o campo... água limpa rolando em pedras claras, camponesas contentes, de carnes fortes.

O lírio? Quem sabe?... Talvez... fazia sonhar em idílios brandos e amores virginais. A flor de fruta? O jicky? O heliotropo? A violeta?... Quem pudesse adivinhar! Ernestina abria os diversos frascos, consecutivamente. Chegava-os bem perto, as narinas palpitantes; mas no fundo de todos eles, encontrava o mesmo mistério, a mesma vertigem, a mesma dúvida!

Isso exacerbava a voluptuosidade da moça, irritando-a no mesmo tempo. Desmanchava com mãos nervosas, na água simples, as nuvens opalinas das essências e quedava-se depois observando os seus ombros delicados e nus, os seus formosos braços e a maciez do seu colo airoso.

Vestia-se devagar, demoradamente. A lã preta do luto repugnou-lhe; aquele trajo áspero e triste não era o que o seu corpo desejava. A pele bem tratada queria seda, um contato macio que caísse sobre ela como uma carícia...

Abriu a gaveta das joias, apalpou os anéis de brilhantes e de pérolas, as pulseiras e o seu alfinete predileto, um botão de rubi e brilhantes. Mas, sobre a lã do vestido, as joias iam mal, e o mundo impedia-lhe o prazer de as trazer com o luto.

Toda de preto parecia mais magra e menos bonita. Exasperou-se. Achou o vestido medonho, o chapéu detestável!

Durante mais de uma hora, foi um incessante abrir e fechar de gavetas, até que a voz de Sara se fez ouvir através da porta.

– Mamãe? Está pronta? São duas horas!...
– Já vou...
– Sim... eu estou pronta... a senhora quer *lunch*?
– Não!
– É melhor irmos ao Paschoal, não é?
– É sim, vai descendo... eu já vou.

Sara descia o jardim quando sentiu os passos apressados da mãe. Ernestina impacientara-se com a espera do bonde para o elevador, e embaixo, com o outro que a levasse a S. Francisco.

Falava em comprar carro, mudar mesmo de bairro, ir para Laranjeiras. Sara estranhava aquilo, fazendo objeções. Concordava com a aquisição do carro, mas opunha-se à troca de casa; aquela em que viviam estava cheia de recordações do pai: o escritório, sua varanda predileta... os cantos preferidos no terraço, na sala de jantar... até as plantas fora, árvores e roseiras cultivadas por ele! Suplicava que não falasse nisso.

Chegadas à cidade, Ernestina procurava em não esconder o seu alvoroço. Sara fê-la entrar na Notre Dame, encantada pela exposição das vitrines. A mãe deixava-a perto do balcão, sozinha e dirigia-se amiudadamente à porta, numa ansiedade febril.

A moça reclamava:

– Mamãe! Escolha; qual é mais bonito, este corte cinzento ou aquele branco e preto?

– O azul.

– O azul!

– Sim, o azul é o mais bonito, – respondeu a mãe apressada quase sem olhar.

– E o luto?

Ernestina atrapalhou-se, já nem lhe ocorria o luto. E num disfarce:

– Quero dizer – podes também comprar o azul, para fazer depois.

– Não passará da moda?!

– Eu sei lá!...

– Mamãe, acha que o azul me vai bem?

– Muito bem.

Cansada de pedir conselhos à mãe, Sara passava sozinha do rayon das lãs para os das sedas, das capas, dos chapéus, das rendas, de tudo!

Comprava aqui, ali, acolá, meio tonta, magnetizada por tantas coisas brilhantes e bem dispostas.

A travessia daquela casa ia-lhe povoando a imaginação de sonhos.

As escomilhas, as gazes, as tules transparentes, as sedas muito claras, de tecidos mimosos lembravam-lhe bailes, acendiam-lhe desejos de valsas, cortadas por frases curtas ao som ritmado da música. As sedas pretas, os livros de missa, as grandes franjas do vidrilho, chamavam-na de repente a festas de igreja, muito solenes, onde o bispo abençoasse o povo...

Dali saltava para o *ménage*; as toalhas de linho adamascadas com barras vermelhas, ouro velho e azul persa, sorriam-lhe, chamando-a para a sua alegre sala de jantar, cheirando as belas rosas – marechal Niel, que se enroscavam às janelas. E ela apalpava pelúcias cor de fogo e rendas cor de opala, pensava em *toilettes* de teatro, de baile, de recepção, de passeio, vendo as fitas desenroscarem-se dentre as mãos de um caixeiro, como serpentes multicores e tentadoras, e contemplando os grandes leques de plumas, que uma moça escolhia perto do balcão.

Queria comprar tudo; encontrava uma aplicação imediata para cada objeto. A moda sorria-lhe, chamava-a para fora daquele luto, daquela vida austera, concentrada e simples do seu *chalet*.

Invejava as mulheres que frequentam a sociedade arrastando capas de arminhos em corredores de teatros e caudas de veludo nos salões de baile.

Na ocasião do pagamento, Sara correu à mãe, que não saíra da porta. Ernestina entregou-lhe a carteira, que fosse sozinha à caixa, ela esperaria ali.

Um instante depois desciam a par a rua do Ouvidor.

Havia muita gente nas calçadas, um rumor surdo de passos e de vozes que as atordoava; tinham-se afeito ao silêncio da sua chácara. Sara entrou num armarinho, Ernestina acompanhou-a até o interior da casa, mas voltou depressa para fora com um sobressalto.

Parecia-lhe ouvir a voz de Luciano. Fora erro: era um sujeito que discutia com um velhote surdo, gesticulando muito.

De pé, na soleira da porta, a viúva olhava para a multidão que passava, esperando, a todos os minutos, o Luciano... Pela lã mole do seu vestido preto, roçavam as saias de seda e as saias de chita das outras mulheres que passeavam devagar ou que passavam apenas, na pressa dos que trabalham.

Na esquina, perto, estacionavam os vendedores de flores; os seus ramos de cravos e violetas embalsamavam o ar; e era um encanto ver a variedade de rosas finas, brancas, amarelas, escarlates, cor-de-rosa, e os raminhos de miosótis, de um azul delicado, dormindo na concha verde e macia de uma folha de malva, mais as formosas camélias da Petrópolis de uma alvura puríssima...

No meio da rua, um homenzinho cor de folha seca atraía a criançada segurando pelos fios os alegres balões de gás, vermelhos e azuis, muito leves, que bailavam sobre a onda movediça dos chapéus escuros.

Mas que importava à viúva Simões aquela variedade de matizes, aquela doçura de sons, aquela onda de perfumes, de *toilletes*, e de mulheres bonitas que se alastrava por ali? Tinha só um objetivo: vê-lo.

Uma cigana imunda, com o filho ao colo e o xale em farrapos, esteve longo tempo parada diante dela, com a mão estendida, murmurando queixumes. Ernestina, com a cabeça erguida e o olhar em busca de Luciano entre grupos e grupos de homens que se sucediam, nem a viu nem ouviu, e a mendiga, desanimada, passou adiante.

Uma pancada de leque num ombro chamou-a à realidade. Era D. Candinha, a mulher do Nunes.

– Que milagre é esse?! Você na cidade!
– Ah! É verdade...
– Onde está Sara? Bem se vê que você não vem à rua do Ouvidor há muito tempo!
– Por quê?!
– Está com ar esquisito... tem alguma coisa?
– Não... Sara!...
– Estou aqui, mamãe.

Foi um alívio para a viúva. Sara desatou a conversar com D. Candinha, e Ernestina deixou-se silenciosa, à vontade.

D. Candinha era uma boa companheira de passeio, desembaraçada, risonha e conhecendo meio mundo, o que encantava Sara, ávida por divertimentos e sociabilidade. A mulher do Nunes era alta, gorda, morena, beiço ensombrado por um buço, ameaçador de se tornar em bigode lá para a velhice, bonita de feições, com dentes magníficos e olhos rasgados, úmidos e espertos.

Gostava muito de reunir em casa os amigos em *soirées* que se prolongavam até as primeiras horas do dia. Vestia com luxo, embora sem gosto, sedas com ramos, tecidos vistosos que lhe iam mal. Usava muitas joias e falava alto, abrindo os braços para cada amiga, e a bolsa para cada pobre.

– Viram passar por aqui o meu velho? – perguntou às Simões.
– Não...

D. Candinha adorava o marido, negociante português, homem generoso, que lhe fazia todas as vontades e ainda pagava colégio de luxo às cunhadas e casa a duas tias velhas, irmãs do sogro.

Estiveram conversando algum tempo, até que Ernestina, muito impaciente, arrastou a filha consigo.

De longe em longe, alguns conhecidos faziam-nas parar, manifestando espanto por encontrá-las na cidade, tão raro isso era. Sara ria-se, Ernestina respondia, seguindo com o olhar a turba que passava. Em uma dessas ocasiões, conversavam com um velho, amigo do finado Simões, quando Ernestina julgou ver Luciano ao longe.

Foi uma lástima! o velho falava-lhe sem que ela percebesse nada e apressou-se em despedir-se, cortando uma frase que o pobre homem começava a dizer. Estranhando os movimentos da moça, ele não se pôde coibir e perguntou:

– Procura alguém?

– Não!... – respondeu Ernestina embaraçada; há muito tempo que não saio e esta bulha incomoda-me. Vou para casa.

Entretanto, seguiu caminho oposto e até as seis horas subiu e desceu a rua do Ouvidor, deixando Sara comprar o que lhe aprouvesse, sem a mínima intervenção, num verdadeiro suplício.

CAPÍTULO V

— *Çá va bien, monsieur* Auguste? perguntava a Simplícia ao copeiro, na cozinha, esganiçando-se e rindo para ele, que mal lhe respondia, com um sorriso desdenhoso.

— Diabo de negrinha assanhada! — murmurava Benedita, remexendo as panelas.

— Ora veja só! Aquela treze de maio!... Eu não sou negrinha sou moça morena, ouviu?

— Quem lhe ensinou francês?! — perguntou o jardineiro à mulata, interrompendo o café que bebia pelo pires.

— Mamãe.

A Benedita riu-se alegremente, fartamente.

Simplícia, na ausência de Ernestina, chamava-a mamãe.

Ora veja se nhanhã ia-se cansá de ensinar franceis à negrinha! Seu João! Ela só sabe dizê aquilo!...

— Sei mais coisas!...

— Então converse com seu Augusto, prá gente vê...

O copeiro levou os talheres para a sala do jantar, sem querer dar confiança à pequena.

— Toma! — gritou-lhe a Benedita; e estalou a língua depois de ter provado o feijão.

Simplícia acrescentou, espalmando no ar a mão curta e magra: — Deixe está, que ele me paga; inda há de gostá mais di mim do que eu gosto dele. Depois tirou do peito um lencinho da ama, muito perfumado, e começou a dançar, cantando alto: xó-xó-xó-araúna, para que o copeiro a ouvisse, sacudindo o lenço sobre a cabeça, hirsuta e cheia de terra, do hortelão.

— Sapeca! — murmurou a Benedita com desprezo.

A dança continuou requebrada e lenta, até que ouviram a voz de Ernestina zangada por não encontrar ainda a mesa posta.

Calaram-se todos; caiu a casa no costumado e respeitoso silêncio.

A viúva voltara enfadada e nervosa; saíra à procura de Luciano e não o tinha encontrado. Onde estaria? Por que o amava assim?! Como podia um amor há tanto tempo extinto renascer com tamanha veemência? Arrependia-se de ter saído; não queria pensar nele, nem amar ninguém. Aquilo era uma loucura que havia de passar. Desejava somente vê-lo mais uma vez, só uma vez... depois afastá-lo-ia da ideia. Ela não se pertencia, era da filha; tudo que havia ali devia ser da filha... tinha sido ganho pelo pai, com esforço, por amor dela...

Logo depois do jantar, Ernestina recolheu-se ao quarto, muito fatigada e nervosa. Parecia-lhe um sonho aquilo! Principiava a considerar ignominioso todo o tempo que vivera ao lado do marido, na pacatez burguesa e honesta do seu lar. Lembrando-se dos beijos que o esposo lhe dera, esfregava com força os lábios e as faces, como se os sentisse ainda e os quisesse arrancar da pele. Chegou a lamentar o nascimento da filha, mas desse sentimento arrependeu-se depressa; adorava Sara, e queria-a sempre bem pertinho de si, conquanto desse razão a Luciano; afinal, o ciúme dele lisonjeava-a... Se Luciano aborrecia Sara era porque a amava, a ela, e a pequena era a recordação viva e inextinguível do pai...

Andou pelo quarto, febrilmente, até o anoitecer.

Volta e meia, esbarrava com algum objeto que pertencera ao marido e desviava o olhar, indignada de vê-lo ainda ali, na intimidade do seu quarto. Ernestina encostou-se por fim à janela: a tarde morria rapidamente; toda a terra lhe parecia escura, de uma tristeza singular: o mar, ao longe, como que um deserto de cinza; as casas, túmulos dispersos; as árvores, ombras negras e mudas!

Ernestina sentia as lágrimas queimarem-lhe as pálpebras, o coração grosso pesando-lhe no peito, e uma raiva crescente de tudo, de todos! Ficou por muito tempo olhando, até que as luzes de gás bordaram toda a cidade de pontos luminosos. Num canto, um foco de luz clara enluarava um grande círculo em um nimbo indistinto, e a viúva, aconchegando os braços ao corpo friorento, olhava para a luz, fixa, abstratamente.

Eram sete horas quando desceu ao jardim à procura da filha. Encontrou-a trepada numa escada de mão, debruçada no muro, conversando para o quintal vizinho, com a sua amiga Georgina.

Desta vez era Sara quem descrevia as suas impressões, narrando episódios vulgares do passeio e relatando o número de pessoas conhecidas, com que se tinha encontrado.

Ernestina zangou-se, desabafando contra a filha toda a sua cólera.
– Que é isso! Estás aqui com este frio?! Eu depois que te ature se ficares doente! Vamos; para dentro, anda!
– Já vou, mamãe... adeus, Gina!
– Então! Que modos são esses?
– Já estou descendo, mamãe!
– Vamos, vamos!
– Eu ainda hoje não tinha visto Gina...
– Nem há necessidade de se verem todos os dias! Estou farta de tolices!
A voz de Ernestina tornara-se brusca, imperativa.
Entraram ambas.
– Mamãezinha está zangada? – perguntou Sara com doçura, abraçando a mãe.
Ernestina arrependeu-se e, envergonhada da sua aspereza, beijou a filha, dizendo-lhe com brandura:
– Vai tocar.
– Tocar?! E o luto?
O luto! O eterno luto? Era sempre a resposta! Passaram um serão melancólico. Às 18 horas, recolheram-se aos quartos.
Ernestina não pôde dormir; a cama fazia-lhe mal; atormentava-a a ideia das noites que dormira ali, com o Simões.
Quinze dias depois, Luciano fez-lhe a segunda visita. A viúva lamentou-se da sua ausência e indagou dos lugares que ele mais frequentava.
Ele, muito calculadamente, mostrava-se frio, disse ter estado fora, na fazenda de um amigo, e a visita corre, às vezes, silenciosa e sempre constrangida.
Quando Luciano saiu, Ernestina fechou-se no quarto, a chorar.
No dia seguinte, Sara, ao almoço, notou a falta da aliança no dedo da mãe.
– Há já muitos dias que ando sem ela, objetou Ernestina, perdi-a.
Sara mandou imediatamente a Simplícia procurar o anel. A mulata encontrava tudo, parecia ter o dom especial de adivinhar as coisas, o que fazia dizer à Benedita:
– Simplícia acha tudo que se some porque é ela mesma que esconde tudo que se pode sumir!
O anel não fora escondido por ela, entretanto achara-o rapidamente, embaixo de um dunkerque da sala. Aquilo acabou de contrariar Ernestina. Alegou que a aliança estava muito larga; o frio contraíra-lhe a carne...

Ela já não procurava lutar contra o seu amor; a resistência tinha-a martirizado inutilmente.

Passava os dias a pensar nele, nuns idílios de menina de quinze anos. Os criados já não sofriam a mesma fiscalização severa. Os armários ficavam abertos, a chave da dispensa nas mãos da Benedita, para regalo da Simplícia, que apreciava os seus copinhos de licor de cacau...

Uma noite em que a saudade e o desejo de ver Luciano apertaram, foram ao teatro.

Sara estava contentíssima, mas a mãe arrependeu-se depressa. Levavam uma peça grosseira, que a plateia aplaudia muito. Luciano não aparecia. A Simões não tirava os olhos das portas da entrada, esperando sempre que ele viesse, atraído pelo seu amor. Sentia febre e não prestava atenção ao que se passava em cena. As gargalhadas e os aplausos atormentavam-na. À saída, quando já nada esperava, teve uma surpresa: Luciano conversava num grupo de rapazes, perto do teatro. Ele, destacando-se da roda, foi cumprimentá-la.

– Vieram de carro, não? – Perguntou, procurando em redor com a vista.

– Não... viemos de bonde...

– Sozinhas?! E mostrou espanto.

Ernestina ficou embaraçada.

– Que tem isso? – objetou Sara, o luar está tão lindo que até convida a irmos a pé até o ascensor!

– Sim... mas não é prudente arriscarem-se duas senhoras moças a andar por estas horas na rua, sem um cavalheiro.

Luciano acompanhou-as; ia ao lado da viúva censurando-a pela má escolha do teatro e por virem ambas tão sós. Achou-a linda nessa noite.

Ela se calava, sem confessar que todas aquelas loucuras as fazia por ele, mesmo com prejuízo da filha! Passadas as ruas de maior movimento, ele deu-lhe o braço e curvou-se meigo para ela.

– Lembra-se de uma noite de luar como esta, em que andamos de braço pela chácara do tio Gustavo?

– Se me lembro!... Dias depois, foi o senhor para a Europa...

– E um ano depois recebi a notícia do seu casamento...

A evocação do tempo passado tornou a envolvê-los na mesma familiaridade da primeira visita.

Sara andava na frente, cantarolando baixo os *couplets* que ouvira; eles iam muito juntos, apertando-se as mãos e falando de amor.

CAPÍTULO VI

No dia seguinte, Luciano foi jantar a Santa Tereza; encontrou as duas senhoras na saleta do piano; a viúva fazia um bordado de tapeçaria, a filha renovava as flores de um jarrão.

Ele sentou-se entre ambas, votando toda a sua atenção para a dona da casa, a quem ofereceu um pacote de marrons-glacés, enfeitado de fitinhas azuis. A viúva desamarrou o embrulho com toda a delicadeza, mostrando as unhas, que brilhavam como coral polido. Entretanto Sara, com o pescoço esticado, ia dizendo:

– Eu gosto muito de doces... saí a papai! Como ele apreciava marrons-glacés! Lembra-se, mamãe, aquela vez que fomos todos ao Jardim Botânico? só nós dois acabamos com um pacote de marrons do tamanho desse? Mamãe só dizia: "Sara! Que é isso?! Basta!" e papai então, santo que ele era! respondia-lhe: "Ora, meu amor, deixa a pequena! se ela come, é porque tem vontade!"

– Papai muitas vezes chamava mamãe assim: Meu amor!

Luciano mordeu o bigode, enquanto a viúva, muito corada, disfarçava, perguntando-lhe se não achava de bom gosto o seu bordado.

E erguia a talagarça, já meio encoberta pelas sedas e as lãs.

Querendo desviar da memória da filha a lembrança do pai, ela começou a falar com volubilidade em coisas diferentes, saltando de assunto, como a escolher terreno.

Como por fim a conversa recaísse sobre coisas de arte, Luciano pediu-lhes que marcassem um dia para irem ver o seu pequeno museu.

Ele trouxera da Europa algumas coisas valiosas e citava entre elas um busto de garoto que figurara no Salon.

– Está dito! – exclamou Sara alegremente, – iremos amanhã!

– Amanhã; não... – objetou Luciano quase sem olhar para a moça. –

Tenho ainda alguns preparativos a fazer. Ainda não achei um tapete a meu gosto para a biblioteca.

– Ah! O senhor tem uma biblioteca? – tornou Sara.

E depois de uma pequena pausa:

– Aí está uma coisa que eu ainda não vi em casas particulares... Se papai fosse vivo, eu também teria uma biblioteca! Ele dizia sempre que havia de me dar uma bonita educação. Não é verdade, mamãe?

– É sim... é...

Luciano rufava com os dedos na mesa, sem ocultar o seu enfado.

– Ah! se o senhor conhecesse papai, havia de gostar muito dele!

Luciano sorriu; Sara continuou:

– Todos o estimavam! Só uma pessoa lhe tinha raiva... Inveja! Também eu a odeio!

Sem pronunciar o nome, compreenderam todos que aludia ao Rosas.

– Papai era tão meigo! Tão condescendente! Dava-me sempre um beijo em cada face e outro na boca. E à mamãe também.

Luciano levantou-se e Ernestina, muito corada, disse, precipitando as palavras:

– Então, Sara! que termos são esses? Vai espairecer as saudades de teu pai com a Gina, anda!

É melhor isso do que estar constantemente a relembrar coisas passadas!

Os olhos de Sara encheram-se de lágrimas; mas para que Luciano não a visse chorar, saiu precipitadamente da sala.

Ernestina ficou silenciosa, com as mãos trêmulas, a vista pasmada nas cores vistosas do bordado.

– Decididamente, eu não posso tolerar a presença desta menina! – exclamou Luciano num desabafo.

– Oh!...

– Sou brutal? Desculpe-me, mas sou sincero.

– Ela é uma criança... ignora que...

– Uma criança!

– Então?

– Mas diga-me: que significação tem aquilo de estar sempre, mas sempre, referindo-se ao pai?!

– Amava-o muito.

– Embora, mas isso parece ou não parece proposital?

– Não!...

– Não?! As mães são cegas!
– Coitadinha, é tão inocente, a minha Sara...
– Não sei; mas confesso-lhe que só a sua vista me mortifica!
Ernestina levantou-se pálida e trêmula de indignação.
– Não lhe posso impor simpatia por minha filha, mas julgo estar no direito de ordenar que a respeite... ou...
– Ou que me retire?
Ernestina calou-se, sufocando na garganta os soluços.
– Pois não vê, Ernestina, que se eu odeio a filha, é porque adoro a mãe?! Perdoe-me por minhas palavras, são filhas do ciúme violento, tenaz, que se apoderou de mim desde que vi Sara! Ela é a continuação do pai, o beijo vivo, ardente, trocado pelas vossas bocas! E é essa ideia que me martiriza e que me perde!
– É uma... insensatez...
– Chame como quiser.
Nessa tarde, Ernestina lembrou à filha que fosse passar parte da noite em casa da Gina.
– Mamãe vai?
– Eu não.
A filha admirou-se; até então a mãe não a deixara nunca sair só!
O luar inundava a terra coro a sua luz veludosa. Pelas portas de vidro, fechadas ao frio, via-se lá embaixo a cidade, com umas luzes frouxas.
Sara tinha saído; Ernestina e Luciano, sentados junto a uma janela da sala, conservaram-se por instantes silenciosos, pensando talvez nos primeiros elãs do seu amor, desabotoado e esquecido em plena mocidade.
– Dizem os psicólogos que duas criaturas que se amaram e que se esqueceram mutuamente não se tornam a amar nunca mais!
– Bravo! Não a imaginava tão letrada!... mas fique certa de que a psicologia é uma palavra tão enganadora como outra qualquer... E depois, nós nunca nos esquecemos, não é assim?
– Eu por mim... – Ernestina não teve coragem de concluir A mentira não lhe saiu da garganta.
Luciano aproximou para bem perto da dela a sua cadeira, tomou a mão da viúva e beijou-a demoradamente na palma, nos dedos, nas unhas.
– Que mãos bonitas!... – Como eu adoro estas mãozinhas!... Ernestina sorriu; ele continuou a falar amorosamente, e pediu-lhe que tirasse o luto. Queria vê-la de branco, como uma noiva, e de cores claras e cantantes.

– É preciso esperar...
– Dê-me esta prova de amor, tire o luto!...
– É cedo... tenho medo...
– Medo de quê? De que os outros reparem?!
– Medo de...
– De quem?!
– De minha filha...
– Oh!

Ernestina corou, arrependida de ter dito aquilo. Ficaram alguns segundos calados e imóveis; de repente, a moça, resvalando o olhar pelas paredes, pareceu-lhe distinguir o corpo da Simplícia, mal oculto por um reposteiro; levantou-se de chofre e atravessou a sala. Luciano seguia-lhe os movimentos com estranheza.

– Que tem? Que é isso?!

Mas a viúva chamava para dentro, afastando rapidamente o reposteiro; já não havia nem a sombra da mulata. O Augusto apareceu e ela mandou iluminar a sala.

– Para quê? – indagou Luciano, – o luar está tão bonito...

Entretanto, Ernestina não cedeu e exigiu de Augusto que acendesse todos os bicos do lustre edas arandelas...

Quando voltou para o lado de Luciano, encontrou-o com a fisionomia áspera e pensativa. Ela lhe falou em casamento. Não queria prolongar aquela situação. Logo que expirasse o prazo do luto, poderiam unir-se para sempre.

Ele a ouvia calado; depois de um curto espaço de silêncio, perguntou se não haveria algum pretendente à mão de Sara...

– Não... por quê?!
– Seria melhor que ela se casasse primeiro... viveríamos sós, sem ouvir referências a outro que me viessem estragar a felicidade!...
– Separar-me de minha filha?!
– Não será a primeira mãe a quem isso aconteça!
– Nunca!
– Não falemos mais nisso, – replicou Luciano com tristeza.

– Conservaram-se por algum tempo afastados, mas as mãos uniram-se outra vez, os olhos procuraram-se e ele a beijou na fronte, na face, na boca.

Ernestina, meio oculta pela cortina de renda preta, deixava-se abraçar amolecida, tonta, sem forças para resistir; o busto vergado para Luciano, os braços pendentes, o corpo trêmulo. Nas paredes cinzentas da sala, os arabescos de ouro cintilavam, como se os milhares de gafanhotos que estampavam no papel suas asas agudas e as suas pernas finíssimas, se embaralhassem numa dança endiabrada!

O gás a toda força chamejava no cristal do espelho, amornando a atmosfera e fazendo uma bulha de sopro surdo, como riso abafado!

Toda a energia da viúva tinha fugido. A luz? Que lhe importava a luz?! Ela não via, não pensava, resvalava sem pena nem cuidado, sentindo-se feliz, mais nada!

Subitamente ouviram a voz de Sara, que se aproximava de casa, cantando alto.

– Vá-se embora, Luciano!
– Mais um momento...
– Minha filha aí vem!...
– Está ainda em casa da Gina... a voz vem de lá...
– Não, vem do jardim...
– Mais um beijo... Afirmo-lhe que ela está em casa da Gina!
– E que esteja... é tarde.
– É cedo...

Ele quis abraçá-la; ela resistiu: reassumira toda a sua energia.

Luciano saiu, cruzando-se com Sara já perto do terraço. A moça sorriu, interrompendo o canto, deu-lhe as boas-noites; ele resmungou umas palavras incompreensíveis e mal tocou o chapéu.

– Então não me diz adeus?! – perguntou Sara atônita, voltando-se para trás, para o vulto de Luciano, que fugia na sombra.

Ele não respondeu.

– Bruto! – murmurou a moça ofendida. Por que não falaria comigo?! Ora, por qualquer coisa! Que me importa!

Ernestina tinha ficado só. A filha calara-se; a casa parecia adormecida. Batia-lhe o coração e o sangue abrasava-lhe as faces. Precisava de ar; abriu a janela e encostou-se; respirou com força, sentindo-se feliz por ter vencido. Ser amante de Luciano? Nunca. Esposa, sim. À proporção que os seus sentidos se acalmavam, ela pensava na implacável exigência de Luciano, de separá-la da filha...

Encostada ao umbral, deixou que a sua alma fraca de mulher interrogasse as coisas mudas! Que lhe destinaria o futuro? Nada lhe respondia.

Foi em vão que meditou, cravando o olhar interrogativo na grande esfinge que desenhava além, na noite enluarada, o seu enorme corpo vigilante e altivo!

Voltou para dentro muito nervosa e agitada. Ao atravessar a sala, teve medo.

Da sua grande tela sombria, o marido parecia acompanhá-la com a vista.

Ernestina sentiu vergarem-se-lhe os joelhos e tateou com mão trêmula o fecho da porta por onde saiu.

Nessa noite não pôde conciliar o sono. No quarto tudo lhe falava do marido.

A cama parecia-lhe guardar o calor do seu corpo; os lençóis e as fronhas eram marcados com o seu nome, e o cabide em que ele costumava pendurar a roupa estendia para ela os braços nus...

Ernestina revolvia-se no leito, sem descanso. Sem perceber como, com a convivência adquirira certos hábitos do esposo; procurava agora um meio de corrigi-los. Só agora notava que era como o dele o jeito porque cerrava o cortinado, sempre de um lado só; que fora com ele que se viciara em não adormecer sem tomar uns goles de água açucarada, e que até os seus gestos, as suas palavras e o seu modo de pensar refletiam particularidades dele.

Sem poder dormir e muito impressionada, passou ao quarto da filha. Sara dormia profundamente, respirando alto, com os braços sumidos embaixo da roupa e a sua cabeça redonda e grande enterrada no travesseiro.

Ernestina, a tremer de frio, deitou-se aos pés da cama, muito devagarinho, encolhendo-se para diminuir de volume.

Adormeceu e acordou várias vezes, mas o seu sono era leve, como que assustado.

Ao amanhecer, levantou-se antes que Sara a surpreendesse e saiu. Tornou para o seu quarto, estendeu-se num divã, muito cansada, com o corpo cheio de dores, a cabeça fraca, e pôs-se a cismar em futilidades: consertos de joias, vestidos a fazer, e visitas...

Nesse dia aliviou o luto.

Sara mostrou-se admirada e ofendida.

– Ainda não há um ano e mamã já usa branco?!

– O luto é uma tolice... creio que já dei uma satisfação à sociedade...

– De rigor é um ano.

– Não é na roupa que está o sentimento, é no coração.
– Eu sei... mas... gostava que mamã fizesse como as outras...
– As outras! Quem te ouvir falar assim há de pensar que não lamentei a morte de teu pai?
– Não, minha mamãzinha. Deus me livre! Eu bem sei que mamã tem muitas saudades... pudera! se não fosse assim, a senhora seria ingrata!

Ernestina corou, mas Sara, muito ingênua, não deu por tal.

Principiou então uma vida toda diferente.

Era a lufa-lufa dos vestidos novos, sedas caras, luxo sem método. Assinatura no Lírico, concertos, dias inteiros fora de casa, em passeios onde se encontrasse Luciano. Ele vinha sempre muito atencioso, numa amabilidade discreta e delicada, conversar com Ernestina, que tinha assim a sua recompensa. Sara recebia com prazer e sem observação essas coisas, que a mãe explicava assim aos amigos:

– Sara tem dezoito anos... está no tempo de gozar, não lhe faltarão desgostos no futuro!

O seu amor por Luciano crescia como uma febre. Não pensava, não via outra coisa. Era sempre ele a povoar-lhe o espírito de sonhos. Nos bailes, como não dançava ainda, incitava-o a dançar com a filha, e no outro dia, indagava dela o que lhe tinham dito os pares, fazendo-a repetir as palavras de Luciano.

Sara ia contando, sem reparo, e confessava que fora ele o mais espirituoso entre todos os pares com quem tinha conversado.

Ernestina, lisonjeada, beijava a filha, muito alegre.

Todas as pessoas que elogiassem Luciano tornavam-se logo para ela muito simpáticas.

Sabendo que o Rosas, velho e encarniçado inimigo do seu defunto marido, era o melhor e mais íntimo amigo de Luciano Dias, entrou a consagrar-lhe tal amizade que o convidou repetidas vezes, com insistência, para ir a sua casa. E isso aconteceu.

O Rosas cedeu à vontade da viúva e do amigo, procurando mesmo intervir para que se realizasse o casamento. Um dia Ernestina conversava com ele muito satisfeita na sua sala, esperando ouvi-lo falar de Luciano, quando Sara, ainda desprevenida, abriu a porta e entrou.

A moça estacou no umbral, fixando atenta e admirada os olhos na visita. O seu rosto, habitualmente rosado, tornou-se lívido; os abas tremeram-lhe, não encontrando palavras para a indignação que lhe fervia no peito.

A mãe, embaraçadíssima, ergueu-se e foi ter com ela, automaticamente, sem atinar com o que dissesse; mas Sara repeliu-a com um gesto. Ernestina compreendeu então, num relance, a sua imprudência e empurrando a filha para fora, fechou com raiva o reposteiro.

Sara saiu para o jardim, tonta e trêmula. Não via nada; andava de um lado para outro como um pássaro ferido a lutar com a morte. A pouco e pouco, a dor ia se abrindo, mostrando-se toda, como uma flor ao sol. A moça esmagava com os pés, maldosamente, os miosótis rasteiros de florzinhas azuis como olhos de anjos e as folhas tenras da malva-maçã cheirosa. Rangiam sob as suas botinas a grama fresca, as hastes dos junquilhos, os amores-perfeitos de cores veludosas, os botões de ouro, as violetas, os cravos, as anêmonas e as flores lácteas do nardo.

Destruir, arrasar tudo, era a sua vontade.

O Rosas, o grande inimigo de seu pai, ali, dentro daquela casa, em doce *tête-à-tête* com sua mãe! O comendador Simões não o pudera ver nunca sem desgosto e sem raiva, e o vil aproveitava-se agora que ele já não vivia, para ir recostar-se nos seus estofos e pisar as suas alcatifas!

Sara sentia-se forte; tinha ímpetos de esperar ali o Rosas e de lhe bater na cara com as suas mãos nervosas. Desesperada, fustigava as plantas, em movimentos furiosos. Voavam dispersas as flores aromáticas do belo manacá, o heliotropo lânguido pendia para o chão. Um dilúvio de flores inundava os gramados. Choviam pétalas de rosas e de hibiscos, de dálias, lírios, margaridas, jasmins, cidrilha, jurujubas, murta, petúnias, fúcsias, resedá, esponjas, ixora e açucenas. Flores de arbustos, flores de trepadeiras, flores tuberosas ou flores de orquídeas, obedeciam todas à vontade de Sara, que as derrubava, subindo e descendo as ruas do jardim e do pomar, repetindo baixinho: Papai... papai!... como a lhe pedir socorro, por sentir iminente um perigo.

O dia estava formoso, de um azul violeta muito intenso, onde a luz dourada do sol rolava em ondas largas. As romãzeiras enfeitavam-se com as suas flores de um escarlate régio; pendiam das jaqueiras, como úberes enormes, grandes jacas maduras; e a parreira abria numa cruz, cor da esperança, os seus braços cobertos de folhas largas e macias. Sara corria no meio de tudo aquilo, nervosa, resfolegante como um animal de raça, mostrando as pernas finas, galgando os degraus dos socalcos, esmagando com as solas as flores claras dos morangueiros, abrindo para todas as coisas os seus olhos muito brilhantes e movendo os lábios secos na repetida súplica da sua alma: "Papai... papai..." Mas o pai não lhe respondia e ela, de vez em quando, desesperada, arrancava com repelões as frutas que a mão alcançava e atirava-as ao chão, bruta, violentamente, só pelo delírio de estragar.

As laranjas, de um verde que a maturação começava a tingir, rolavam de socalco em socalco.

Grupos de jambos brancos, caíam, separando as suas campânulas de cristal rosado de mistura com araçás ainda verdes e pitangas cor de rubi. Um tapete de frutas ia se alastrando pelo pomar, e Sara pisava, esmigalhava, mordia, rangendo os dentes nas frutas acres, ainda verdes, ou sacudia as árvores, abraçando-se aos troncos cetinosos dos pés de cambucá, ou aos galhos ásperos das goiabeiras.

Tudo a mortificava, a exacerbava. Revivia a lembrança do pai, o ódio antigo, entranhado, feroz, por ele consagrado ao Rosas, a surpresa de o ter sentado perto da mãe e ao mesmo tempo a vergonha, a dor ter sido repelida!

O sol parecia queimá-la, abrasando-lhe a cabeça nua, refulgindo no seu formoso cabelo cor de ouro, solto pelas costas, numa trança lassa. Ela ia, ora batida de sombra, ora toda vestida de sol, sem saber para onde, parando aqui, ali, voltando para trás, desfolhando sem piedade as grandes flores roxas do maracujá ou as flores perfumosas dos limoeiros, batendo com os pés nos cajás soltos, nas carambolas e nas ameixas de Madagascar, espalhadas no chão. O seu desejo era que aquele bom sol, enorme e fecundante, incendiasse num momento todas aquelas limeiras e cidreiras, os pés de sapoti, de pinhas, de jenipapo e dos abius, as figueiras, as ameixeiras, o laranjal, os bambus, as jabuticabeiras, os pés da grumixama e de abricó, todas asvê lhas árvores amadas e o roseiral, e a casa, e ela e tudo!

De repente estacou; os joelhos vergaram-se-lhe – e rebentou em soluços. Em frente dela, erguia-se o vulto enorme e sombrio de uma mangueira que tinha sido sempre ali a árvore predileta do pai.

Sara deixou cair na terra dura o seu corpo branco e cansado. A mangueira era no alto, no extremo da chácara; estendia para todos os lados os seus poderosos braços tranquilos, de onde pendia a erva – barba de velho, caindo em fios longos, que lhe davam um aspecto de vetusta e doce austeridade.

Sara quedou-se imóvel, sobre as raízes da mangueira, que se salientavam na terra escura, como uma vigorosa ramificação de nervos. Lá embaixo, ao longe, a cidade atirava ao ar rolos de fumaça, e como que a evaporação do suor do trabalho, que parecia subir em camadas contínuas, densas, distintas na atmosfera. No mar, que a muita luz empalidecia, distinguiam-se os cascos negros dos navios mercantes e as chaminés bojudas dos paquetes. A febre dos dias de semana rumorejava num delírio rouco, cortado de vez em quando por um ou outro silvo agudíssimo, das máquinas de alguma fábrica...

O Rio de Janeiro arfava. De todos os telhados, parecia elevar-se, ignota e grande, a dor da luta pela vida.

A felicidade, o luxo, a miséria, o dinheiro, o gozo, a raiva, o esplendor, a fé, a mentira, a paz e a desordem, tudo ela via dali, na suprema glorificação da luz de ouro que tombava a jorros do céu violáceo.

O teatro, o hospício, as igrejas, as fábricas, os cães, os jardins, os palácios, os casebres, o mar, o arvoredo, o cemitério, tudo se unia e se confundia na fogueira do sol, na vida da grande e poderosa cidade.

Sara chorava baixinho.

Aquela mangueira muda, serena, com a sua velha casca rugosa, as suas nodosidades cobertas de cambaxilras, as suas folhas sombrias e abertas; e as suas parasitas, quebrava-lhe a excitação raivosa numa onda de ternura. Era ali que o comendador Simões gostava de sentar-se, nas tardes de domingo, recomendando sempre ao hortelão que não lhe bulisse nessa árvore; que a deixasse livre de enxertos e de podas; queria-a assim: agreste, inculta e sossegada.

Sara recordava isso, olhando para as toalhas ondeadas de verdura que se iam desenrolando pelo pomar até lá em baixo, a casa, de que só distinguia o telhado. Os tamarindeiros, salpicados com florinhas amarelas, e os pessegueiros, de um verde cinzento; mais as figueiras, as ameixeiras, os cajueiros, as árvores de abricó, das carambolas, da fruta do conde, do abacate, as amendoeiras enormes e as bananeiras airosas, confundiam-se, unindo as ramas, variando os matizes do verde mais claro até o verde mais negro, com manchas: aqui louras, ali esbranquiçadas, ou róseas, ou cor de ferrugem. A meio do pomar, à direita, destacavam-se entre todas pela forma bizarramente recortada das suas folhas elegantíssimas, a árvore da fruta-pão, e lá embaixo, sobre o telhado vermelho do *chalet*, ela via a última estrela, pequenina e escura, da grande araucária do jardim.

Sara continuava chorando, enraivecida contra a mãe. Por que consentira ela em receber o Rosas?! Por que mudava de dia para dia o seu caráter? Por que se ocupava agora tanto consigo, passando horas no seu quarto, sozinha, fugindo da companhia dos outros e aparecendo depois toda cheirosa, fresca como a flor apenas desabrochada? Que mistério seria esse que ia afastando dela, evidentemente, todo o carinhoso e doce amor de Ernestina? Que falta teria ela cometido? Por que se adivinhava tão só?

Sem achar explicação para os seus tristes pressentimentos, Sara escondeu o rosto, a invocar a memória do pai.

Estava assim, quando ouviu passos perto. Era a mãe que a procurava, entre zangada e aflita.

– Sara!? Que loucura é essa?
– Mamãe...
– Levanta-te!

A moça ergueu-se, comovida pelo tom severo da viúva.

Ernestina continuou áspera e decisivamente:

– É preciso compreender bem isto: exijo que sejas cortês para toda a pessoa; seja ela quem for, que eu quiser receber em minha casa!

– Mamãe, eu...
– Se não deseja sujeitar-se à minha vontade, case-se!
– Ah!...
– Que vergonha!
– Mas mamãe! Aquele homem?
– Com aquele ou com qualquer outro, tens de ser delicada.
– Não! Isso não! Aquele é um infame; foi o maior inimigo de meu pai, eu não o esqueço! e se ele voltar cá, eu lhe bato na cara, bato-lhe!
– Cala-te! Quem manda aqui sou eu! Se o recebi, é porque entendi que o devia fazer!
– Oh! Mamãe!
– Vamos! E Ernestina com o olhar seco apontou o caminho de casa.

Sara seguiu silenciosa, trêmula, ainda embaixo da raiva e do despeito que tão intensamente tinham vibrado nela. Pisava com força, fitando a sombra da mãe, que se projetava muito esguia a seu lado.

À porta da sala de jantar, encontraram o jardineiro, que subira da cidade com um garrafão de vinho ao ombro.

Ele quis dizer qualquer coisa; a viúva fez-lhe um gesto, que se calasse. Durante o jantar, a mãe e a filha não se falaram. Sara não comia, sentia um novelo na garganta e receava chorar ali mesmo, diante dos criados. À noite, entrou cedo para o quarto, deixando a mãe sozinha no terraço.

Ernestina não sofria menos. A indignação da filha exasperara-a, mas a sua submissão depois tinha-a comovido. Afinal reconhecia razão na moça e chegava a se envergonhar do seu procedimento. O Rosas tinha sido um inimigo acérrimo do marido. A questão entre ambos tomara um rumo tão perigoso, que fora preciso intervenção de terceiro. O Nunes, como amigo mais íntimo do comendador, tinha-se posto de permeio e evitado um desenlace terrível à negregada questão. Por muito tempo, o nome do Rosas tinha sido envolto no mais asqueroso desprezo, e Sara, que adorava o pai, e compartilhava do seu temperamento, começou a ter pelo Rosas a mesma raiva, talvez ainda mais violenta que a dele. Depois da morte do Simões, esse sentimento de rancor havia-se acentuado. A lembrança do pai enchia-a de caridade para todos, menos para os que em vida o tivessem insultado ou feito sofrer!

Por isso a viúva Simões entrava a ter remorsos e a preocupar-se muito com a opinião de Sara.

Que diria ela quando soubesse de tudo?

Pensava nisso quando sentiu ranger o portão de ferro do jardim; voltando o rosto, percebeu, através da meia escuridade da noite, o vulto de Luciano Dias, em que se destacava num fato escuro uma nesga de colete branco.

Ernestina levantou-se e disse-lhe, mal o viu aproximar-se:

– Sei porque vem. O seu amigo Rosas contou-lhe tudo!

– É verdade: e já que abordou a questão tão abruptamente, deixe-me dizer-lhe que venho indignado!...

– Não sei por quê!...

– Não sabe por quê!?

– A culpada fui eu... Sara não tinha sido prevenida, e...

– Não a desculpe, pelo amor de Deus!

– O Rosas não devia ter vindo... eu estava louca quando o convidei!...

– Veio porque eu lhe pedi também que viesse. É tempo de se acabar com inimizades insensatas.

Ele é um bom homem.

– Será, mas...

– Mas?

– Sara teve razão.

– Não diga isso! Uma menina de educação não faz o que ela fez. Foi insolente!

Ernestina levantou-se, muito ofendida; mas Luciano não lhe deu tempo de falar; continuava, muito nervoso:

– O Rosas descreveu-me bem nitidamente a cena... saiu envergonhadíssimo e furioso! Quando eu digo que precisamos arranjar um casamento para sua filha!

Ernestina mastigou, colérica:

– Um casamento...

– Sim, é indispensável para a nossa felicidade. Isto assim não pode continuar, bem vê...

– Pode. Eu não quero que minha filha se case. É minha, amo-a; acabou-se! Pensando friamente, Sara fez bem. O Rosas foi um inimigo acérrimo do pai; não devia ter vindo.

– Perfeitamente; mas o pai está morto, o Rosas esqueceu ofensas, veio exatamente para uma reconciliação e não é ela, menina sentimental e mal educada, a quem compete receber ou despedir este ou aquele indivíduo que entre em casa de sua mãe...

– Luciano!

– Não senhora! Sara foi brutal. Além de tudo, o Rosas é um velho, e ela abusou da sua posição de senhora...

– Basta! Isso me desgosta.

– E a mim ainda mais. Imagine: caso-me. Bem. E então? hei de deixar de receber o meu melhor amigo, em minha casa, só por um capricho piegas da menina? Precisamos meditar bem em tudo! O que passou, passou!

– O Rosas era inimigo do pai? Que tenho eu com isso? É meu amigo, e portanto da minha família!

– Lembre-se de que nós ainda não somos a sua família... Amamo-nos, queremos casar, e desde que isso suceda, as vontades dela ficarão em segundo plano, terá de submeter-se à nossa. O que determinarmos é o que se há de fazer. É melhor explicar-lhe isso já.

– Falar-lhe no casamento? É cedo, deixemos passar o ano de luto... respondeu Luciano...

– Do luto? Mas onde está ele?– Nela...

– É verdade que Sara persiste em andar de luto...

– A sua tolerância, Ernestina, é que a tem perdido! Sua filha é autoritária e caprichosa. Decida-se a fazer o que lhe tenho dito: e aconselhe-a de longe...

– Ela vai sofrer muito!... Não...

– Embora; tudo redundará em seu proveito.

– Não sei por que aborrece assim a minha pobre filha: se convivesse com ela, havia de adorá-la!

É um anjo.

– O que vejo é que tem medo de magoá-la com uma simples palavra, e entretanto a mim não
  poupa desgostos...

– Eu?!

– Sim.

– Meu Deus! Mas como!

– Referindo-se constantemente ao seu finado marido, não reprimindo o modo desabrido da senhora sua filha, conservando na sala, bem em frente ao seu, o retrato do Simões como senhor legítimo de sua casa e ao seu coração... Por que não retira dali aquele quadro? Não calcula o ciúme, o ódio que lhe tenho e o mal que ele me faz!

– Desculpo as suas palavras, porque elas são filhas do ciúme.

Ernestina estava surpreendida e desgostosa com Luciano. A cólera tornava-o grosseiro, áspero. O seu gênio rompia todos os preceitos da educação e do cavalheirismo para se mostrar rude e indomável.

Sara foi todo o assunto da noite. A mãe defendia-a, punha-a acima de tudo e de todos, como se fosse um símbolo da perfeição na terra. Fazia isso exatamente por vê-la acusada. O seu amor maternal reagia contra todas as censuras num grande exagero.

Luciano saiu cedo, impressionado e nervoso.

A verdade era que os olhos de Ernestina inquietavam-no mais do que ele desejava.

Como dissera ao Rosas, furtava-se ao casamento, procurando no amor da viúva uma dessas páginas de paixão, frequentes na vida dos homens. Ernestina, porém, sabia defender-se, era muito mais forte do que ele poderia supor, os planos de amor fácil iam-se desmoronando e ele revolvia-se desesperado entre o desejo de possuir a mulher e a má vontade de chamá-la - esposa!

Não era positivamente como marido que ele queria beijar a boca pequena e rubra da viúva Simões! O corpo esbelto e ondeante da moça, o negro azulado do seu cabelo farto, a doçura dos seus olhos rasgados e úmidos o moreno quente da sua pele rosada, acendiam-lhe no coração, não o amor puro e casto que o homem deve dedicar a companheira eterna, mas o fogo sensual de uma paixão violenta e transitória. Ele a amava, amava-a, sim; tinha ciúmes do passado, era sincero na sua cólera, odiava o Simões e a filha do Simões, porém à sua imaginação o vulto de Ernestina aparecia, teimosamente, engrinaldado de pâmpanos e de taça em punho, como uma bachante!

CAPÍTULO VII

Corria o mês de agosto, muito morno e ameno. No meio da bateria da cozinha, a Benedita ouvia o palavreado da Simplícia, que rodopiava pela casa, trazendo novidades e inventando coisas. O Augusto olhava com altivez e desdém para aquela raça de mulheres, enquanto o hortelão se babava todo, ouvindo as tagarelices e a discussão das duas. Simplícia tinha o bolso sempre cheio de dinheiro, moedinhas de prata e níqueis subtraídos à gaveta da ama. Detestava o cobre.

Fazia-se fina, com lacinhos de fita na gola do casaco branco e saias bem talhadas. A outra era fiel e ameaçava, às vezes, de ir direito à ama denunciar a mulata.

Simplícia levantava os ombros. Que lhe importava? Que fosse!

Como se aproximasse o dia de Nossa Senhora da Glória, ela afirmava que iria à festa de braço com seu Augusto, como se fossem marido e mulher...

Os outros riam-se, vendo a indiferença e certo ar de nojo do copeiro pela pequena.

Na véspera do dia da Glória, a Simplícia foi direto à viúva pedir-lhe licença para a saída. Ernestina negou; mandara retirar da sala, precipitadamente, o retrato do comendador.

Simplícia sorria sem ressentimento, vendo o Augusto e o João descerem a tela da parede. Aproveitava uma ocasião em que Sara conversava com Georgina, no jardim vizinho. O hortelão saíra de casa com o quadro, já a Simplícia rondava o portão, à espera de Sara. Quando a moça entrou, a mulata disse-lhe:

— Nhá Sara, a senhora sabe para onde é que Iaiá mandou o retrato de Sinhô?

— Hein?!

— Seu João levou ele... Coitado de quem morre!

Aquela piedade da negrinha pelo morto fez estremecer a moça com um movimento de amargurada indignação. Subiu correndo até a casa e abriu com estrondo a porta da sala.

Ernestina voltou-se, inquieta. A filha olhara atônita e demoradamente para a parede vazia, onde se destacava numa mancha clara o bocado do papel até aí resguardado pela tela.

– Por que tirou dali o retrato de papai?! – perguntou Sara à mãe, com a voz alterada e o rosto pálido.

Ernestina corou: disse de um modo confuso que o retrato precisava de reparo... que o teria mandado ao pintor que o fizera; e inventou um desastre em que um desajeitamento do Augusto figurava como único responsável.

Tinha mentido e desviava a vista dos olhos claros da filha.

Cedera ao desejo de Luciano. O retrato do comendador tinha ido para S. Cristóvão, para a casa de uma mulher pobre, a Josefa, que a tinha criado e a quem ela protegia com uma pequena mesada.

Até então não se servira dessa criatura, que entretanto lhe aparecia agora como um recurso para segredos e aflições.

Sara retirou-se desconfiada e tristonha; ocorreu então a Ernestina ir à casa da ama e fazer voltar o retrato. Veio um clarão de bom raciocínio iluminar-lhe o espírito. Afinal, ela andava a fazer um papel de culpada; temia a filha como se o seu amor por Luciano fosse coisa ilegítima ou criminosa.

O que tinha a fazer era chamar Sara e dizer-lhe muito simplesmente: Luciano e eu nos amamos e nos casaremos em breve...

Entretanto vinham-lhe à mente os conselhos e pedidos do noivo, rogando que conservasse o seu amor em mistério! E por sua vez formulava um – por quê? A que não podia dar solução!

A viúva Simões saiu sem se despedir da filha, desceu rapidamente o jardim, compondo sobre o rosto o veuzinho preto e sacudindo com as pontas dos dedos o plastron do vestido. Chegou afadigada à casa da ama.

A pobre mulher recebeu-a de braços abertos, como de costume.

– Uê, gente! Como Iaiá veio vermelha! foi a sua primeira exclamação; e logo depois foi levando-a para o sofá, tirou-lhe o chapéu, disse-lhe que descansasse para ir depois fazer *lunch*, e apontou para o doce de coco em duas compoteiras na mesa.

Ernestina deixava-a falar; estava ainda ofegante, meditando no que devia fazer. De repente:

– Diga, Josefa, recebeu o retrato de meu marido, não recebeu?

– Pois então não havéra de recebê? Está no quarto do oratório, mas há de se pendurá aqui, em cima do sofá! Como aquele, é que não há outro homem! Santo mesmo! Não se case mais, Iaiá, que outro assim não acha!

– Cale-se... você nem sabe o que está dizendo!...

– Como não sei? Agora me diga por que foi que me deu o retrato dele? Mandou copiar outro novo lá pra sala?!

Ernestina não pôde deixar de sorrir àquela ingenuidade e, atraindo a velha para seu lado, contou-lhe tudo.

A Josefa era uma velhota acaboclada, baixa e ossuda, de ombros largos e direitos, queixo quadrado e mãos grandes. Gozara a preferência entre os antigos escravos dos pais de Ernestina por ser de uma limpeza e fidelidade sem exemplo. Toda a sua roupa andava recendendo às raízes do capim cheiroso e ela era o braço direito da casa. Quando a senhora morreu, Ernestina tinha só dois anos. A Josefa ficou encarregada de olhar por tudo: dirigia o serviço das outras, tratava da menina com esmero, trazendo-a sempre asseada e contente.

Alforriada, não abandonou a casa. Era teimosa, de humor desigual, mas firme e amorável como um cão.

Tinha reminiscências muito claras de Luciano Dias. Embirrara sempre com ele. Farejara-lhe maus sentimentos. Tinha-lhe feito um mal terrível: apreendido cartas, rasgado fotografias, feito desaparecer muitos raminhos de flores por ele dirigidos à moça. Agora o que a comovia era a saudade de Sara. Já não tinha ascendente na família, nem a idade lhe consentia a mesma força de gênio. Estava quebrantada, mole; apoiou-se por isso todas as ideias de Ernestina sem contestar nem aconselhar coisa alguma; dependia dela e temia ir de encontro aos seus desejos.

Recebeu calada as confidências, ficando por fim assente que no dia seguinte voltaria para

Santa Tereza o retrato do comendador. Ernestina saiu risonha; aquele desabafo fizera-lhe bem.

Percebia ter na Josefa um arrimo seguro. Se por um lado a velha não a consolava, não sabendo aconselhá-la, por outro dizia a tudo amém e favorecia-lhe assim todos os seus projetos. Em caminho para casa, Ernestina forjava uma mentira, preparando-se para sustentar o olhar claro e interrogativo da filha.

CAPÍTULO VIII

A Simplícia aproveitava a ausência de Ernestina, enchendo-se de goiabada, queijo do Reino e cálices de licor, muito bem repimpada numa cadeira da sala de jantar. Sara conversava com a amiga na casa vizinha, Augusto fora à cidade, a Ana estava no tanque às voltas com a roupa e a Benedita cochichava com o hortelão lá para os fundos da casa; podia estar tranquila.

A Simplícia arremedava a senhora na maneira de estar à mesa, movia com delicadeza o cálice e dava dentadinhas pequenas no doce, sorrindo sua finura, a remoer ideias.

A tola Iaiá estava-lhe nas unhas. Conhecera-lhe o seu amor por Luciano desde o primeiro dia... não que ela não tinha só habilidade para encontrar as coisas que as outras perdiam, nem para subtrair das gavetas moedinhas e fitas... Ria-se da cegueira de Sara... ainda havia de ser ela quem lhe abrisse os olhos!...

Os cálices de licor sucederam-se até cair do frasco a última gota. Que estupidez! Ela ainda tinha tanta goiabada no prato... lembrou-se do *cognac*. Foi ao armário, mas deu-lhe uma tontura; o chão fugia-lhe embaixo dos pés, o guarda pratos inclinava-se, a mesa recuava, as cadeiras tomavam atitudes de dança e as aves mortas dos quadros das paredes agitavam-se todas, sacudindo as penas.

– Uê! – exclamou a mulatinha, esfregando os olhos; e demorou-se, percebendo a verdade, com tato bastante para esconder a garrafa e levá-la para o quarto... Beberia à noite, na cama. Não lhe convinha embebedar-se de dia; e foi pedir à Benedita uma xícara de café. Estava com uma enxaqueca!

Quando Ernestina entrou, a Simplícia correu a tirar-lhe o chapéu e guardar as luvas. Ernestina deu-lhas maquinalmente.

– Então, Iaiá, me deixa ir à festa?

– Não.

– Por quê?... Seu Luciano não quer?

Ernestina deu um salto, assustada; sem atinar com o que dissesse, repetiu:

– Seu Luciano!

– Sim, senhora... pois então ele não está para casar com a senhora?

– Estás doida! Cala-te; repreendeu a viúva, mas a Simplícia ajuntou com ar malicioso:

– Iaiá não se zangue não... mas eu vi outro dia seu Luciano dar um beijo na senhora... lá na sala... perto da janela... Eu não conto nada a nhá Sara... mas a senhora há de me deixá ir à festa...

Ernestina estava vencida; entretanto levantou-se, colérica, erguendo a mão para bater na negrinha. Àquela ameaça, Simplícia saltou:

– Iaiá, já não sou sua escrava! Se a senhora não me fizé as vontades, eu juro em como vou direitinha dizê tudo à nhá Sara: que seu Luciano tem raiva dela, e que dá beijinhos na senhora!...

O licor fazia-a ir muito mais longe do que premeditara; a cabeça girava-lhe ainda um pouco e ela não podia conter a língua. Via o seu erro, mas já não o sabia emendar; declarara tudo; tinha um plano antigo: ir confidenciando aos caixeiros das vendas o segredo da ama... e ser a primeira a declará-lo a Sara, se Ernestina não lhe desse consentimento para ir à festa, e ainda mais dinheiro e mais ainda a ordem para que a acompanhasse o Augusto!

A viúva estava aterrada, com medo de levantar um escarcéu despedindo a rapariga e sem vontade de lhe fazer o gosto. Mas a mulata venceu; e ainda Ernestina lhe pôs nas orelhas uns brincos de coral e nas mãos uma nota de dez mil réis.

– Vai...

Ernestina chorou de raiva. Por ela, chamaria imediatamente Sara, e diria toda a verdade; mas Luciano opunha-se a isso tenazmente e ela mesmo esperava fazê-lo quando o visse mais propenso a estimar a filha. O seu terror agora era que Sara viesse a saber de tudo pela boca asquerosa da mulata.

Resolveu mandá-la passar um tempo em Friburgo, com a tia Mariana, viúva de Gustavo Ferreira. Naqueles dias, ao menos estaria livre de qualquer intriga ou revelação desagradável.

Escreveu a Luciano largamente. Pedia que decidisse o casamento. A convivência fá-lo-ia depoisamar a enteada. A seu ver, Luciano não esperava outra coisa senão vencer a antipatia pela pequena...

No dia seguinte, a Simplícia, toda vestida de branco, com fitinhas verdes, descia o jardim ao lado do Augusto, muito sério e bem arranjado.

A Benedita acompanhava-os com a vista, e quando eles, embaixo, abriram o portão, ela disse alto, em cima sacudindo no ar a mão engordurada:

– Sapeca do diabo! Que boa sova!

CAPÍTULO IX

Em um dos primeiros dias de setembro, Ernestina partiu para Friburgo, com a filha e a Georgina Tavares. Durante a viagem, elas mal se falavam, abrindo muito os olhos para as paisagens soberanamente belas do caminho.

A tia Mariana já as esperava, palestrando na gare com um empregado da estação. Era uma velha alta e seca, fiel ao uso da crinolina, com uns bandôs grisalhos que lhe tapavam as orelhas, e umas sobrancelhas espessas, que em vão pretendiam dar ferocidade ao seu aspecto tranquilo. Passava por milionária e avarenta; mas em verdade a pobre senhora só tinha com que viver regularmente e bem alimentar a criação dos seus ricos bichinhos de seda, gozo único dos seus dias insípidos.

Morava num casarão baixo, antigo, com janelas de peitoril para o largo e grande quintal plantado de amoreiras, de onde se via, ao longe, a cascata do Neves, desenrolando no veludo verde da montanha o seu lençol d'água cristalina...

A primavera desabotoava-se magnífica, numa exuberância de tons deliciosa; mas as meninas, afeitas ao clima do Rio, andavam tiritantes, envolvidas em lãs.

Nos primeiros dias, a tia Mariana reclamava detalhes da revolução, maldizendo a república e chorando pelo imperador, o bom velho das barbas de neve, que lhe tinha apertado casualmente a mão uma vez, havia muitos anos, numa festa de caridade...

Ernestina fazia coro nas lamentações, mas não sabia explicar nada, o que desesperava a outra; então Sara, mais indiferente, inventava detalhes que a velha ouvia, limpando os óculos.

Um dia, a viúva Simões decidiu-se a deixar as meninas com a tia, e descer para o Rio sozinha, conquanto um pouco assustada por aquela ousadia.

Ela afirmava à filha que voltaria depressa, explicando alto, repetidamente, que não podia deixar a casa entregue aos criados...

A Ana era cada vez mais exigente; todos os meses pedia aumento de ordenado, e mais cerveja, e mais isto e mais aquilo...

O Augusto mudara completamente depois do passeio à Glória do Outeiro, dormia de dia horas inteiras e ria alto com a Simplícia, pelos cantos, sem respeitar nenhum...

O João andava doente, a Benedita com um mau humor execrável... e ela, confessava, tinha medo que lhe pusessem fogo a casa!...

A tia Mariana aprovava: – que fosse depressa! Isto de criados não há que fiar... cada um faz o que pode para ser pior!

Quando Ernestina entrou em casa, sentiu uma profunda e dolorida saudade da filha. Era o seu primeiro apartamento. Toda a tarde e toda a noite, não lhe puderam sair do sentido a voz e o vulto de Sara, a adorada companheira de toda a sua vida... Logo de manhã cedo, escreveu-lhe uma grande carta cheia de recomendações: que se agasalhasse, que fizesse exercício, que lhe escrevesse sempre...

Depois escreveu a Luciano, e parou, com a pena no ar, pensando em qual daqueles amores a absorvia mais...

Agora que Sara estava ausente, sentia por ela uma ternura esquisita, mais penetrante, que lhe ia até o fundo do coração, que a afastava de todas as outras coisas, arredando mesmo para um plano mais nublado e indeciso a figura de Luciano... Estranhava aquilo; aquele redobramento de amor maternal que a dominava completamente, absolutamente. Aproveitou pressurosa a frieza que lhe parecia então sentir pelo noivo, e pediu-lhe na carta que a não fosse ver. Contou-lhe tudo. Sara estava longe, mas sentia bem que não a poderia conservar assim... faltara-lhe o ar em casa, sem ela... não se resignaria nunca a viver daquele modo! Casá-la não era coisa admissível. Sara era ainda muito nova. Concluía pedindo mais uma vez a Luciano que dominasse a antipatia pueril que o afastava de Sara para viverem depois todos felizes... muito felizes!

Ernestina acabou a carta chorando. Aquela harmonia sonhada e pedida não existiria nunca; percebia bem. Viveriam juntos talvez, mas aborrecendo-se. Era isso mesmo que ela tentara outrora, quando escondia em casa a sua mocidade, o seu lindo rosto, a sua alma ansiosa, ávida de amor! Era por isso mesmo que ela desejara sempre a velhice que a vestisse de gelo, lhe quebrasse os ímpetos, que a deixasse sem aspirações e sem desejos, na sua grande virtude de mãe sem mácula...

Ela pedia a Luciano que a não fosse ver, temendo que ele lhe desobedecesse. Entretanto era preciso. Estava só; tinha medo de sucumbir.

Nessa mesma tarde, recebeu a primeira carta de Sara, escrita à mesma hora em que ela lhe escrevera, com iguais pedidos e recomendações, com a mesma chuva de beijos, a mesma intensidade de afeto.

CAPÍTULO X

O Rosas balouçava-se em uma grande cadeira austríaca no seu terraço do Flamengo, ouvindo Luciano ler a última carta de Ernestina e uma de Sara dirigida à mãe. Acabada a leitura, o Rosas deitou ao ar o fumo azul do seu havana e o amigo perguntou-lhe:
– E então?!
– É o que eu dizia: você tem de se casar com ela!
– É boa! Se a gente tivesse de se casar com todas as mulheres a quem faz a corte!...
– Mas você foi mais longe do que isso!
– Aqueles olhos põem-me tonto! A verdade é esta: eu amo Ernestina, mas não quero casar com ela...
– Por quê?!
– Não sei! Aquela filha... o gênio dela mesmo, incomoda-me, irrita-me! Você não vê esta carta? Manda a filha para Friburgo e é exatamente agora que me pede para não ir vê-la!
– Muito bem. Isso compreende-se... é uma mulher honesta... você, que diabo! É um homem perigoso! Mas, deixe-se de histórias! Peça a viúva e case-se. É mulher garantida, vê-se por essas cartas. Afinal, você gosta dela... lá por embirrar com a filha não é razão! O caso é outro.
Você é um galanteador e julga que as mulheres nasceram só para joguetes do seu capricho...
– Bonito! Ponha-se agora com frases...
– Ora! quantos amores já lhe conheci! Mas o tempo passa. Vá-se ver ao espelho! Tem já muitos cabelos brancos e olhe que por ter vindo de Paris não pense que não haja por aí outros mais chiques...
Luciano relia a carta de Sara.
– A pequena não escreve mal...

— É muito expansiva!

— Você não compreende? A mãe quer catequizar-me com as cartas da filha.

E guardando os papéis no bolso:

— Bem! Ela talvez deseje que eu lhe desobedeça.

— É até provável que conte com isso...

— Acha?

— Ora! com certeza.

— Pois não vou; há de chamar-me primeiro; se quiser. Hoje vou passar a tarde com...

— Clara Silvestre?

— Não! com o Henrique Bastos... ele me convidou para um passeio a S. Paulo, vou-lhe dizer que aceito.

— Faz bem.

Entretanto, Ernestina sentia-se febril, quase doente de ansiedade, esperando o momento em que Luciano fosse pedir oficialmente a sua mão. Ele lhe escrevia de S. Paulo, mas as cartas iam rareando e as saudades crescendo. Ernestina foi duas vezes a Friburgo; afogava a filha em beijos e abraços e voltava com uma enorme lista de encomendas que acrescentava sempre com mais teteias e gulodices. Todavia, sentia nessa dura experiência ser impossível viver longe da sua querida Sara, e teimava em prolongar a separação, pagando com lágrimas de saudade esse sacrifício.

Três meses depois da ausência, Luciano voltou à casa de Ernestina; encontrou-a em doce palestra com D. Candinha Nunes. Sara voltaria no dia seguinte. Ernestina estava radiante. Ele a achou pálida, transparecia nela o cansaço da tristeza e da solidão, embora a alegria do momento a sacudisse nervosamente.

Passaram a tarde no jardim; à noite entraram para a sala, mobiliada de novo, e entretiveram-se vendo os arranjos e as modificações feitos em tudo pela viúva para surpreender Sara.

D. Candinha exclamava:

— Qual! Não há amor como o de mãe! Vejam como Ernestina pensa na filha!

Luciano abanava afirmativamente a cabeça, vendo Ernestina embaraçada, tateando as coisas.

Às dez horas, como o Nunes não aparecesse, D. Candinha disse:

– Ora, o senhor meu marido esqueceu-se de mim! Seu Luciano, acompanha-me à cidade?

– Até a sua casa, minha senhora. Despediram-se; e Ernestina, retendo a mão de Luciano, disse:

– Ela chega amanhã!... Vem vê-la?

– Certamente...

Não puderam dizer mais nada, D. Candinha, murmurava já fora:

– Que noite linda!

CAPÍTULO XI

Sara encontrou a casa toda renovada. Ernestina comprara mobílias caras e reposteiros de luxo.

Tinha aproveitado a ausência da filha para varrer pela porta fora todas as recordações do passado.

O João enchera tudo de flores, desde a porta da rua até a do quintal, muito contente com a volta da menina, que era a alegria da casa. A Benedita preparou surpresas para o jantar, uns pastéis e uns pudins especiais, feitos com prazer e capricho, muito ornamentados. A Simplícia pregou na carapinha um cravo vermelho e amarrou fitinhas no pescoço, dizendo fazer isso para ser agradável a Nhá Sara.

A Ana pôs no guarda-louça, sorrateiramente, um queijo fabricado pelo pai em Petrópolis e só o Augusto continuou indiferente no serviço.

Sara tinha voltado de Friburgo com o dr. Tavares e a Gina. Não se cansava de beijar a mãe, falando-lhe rente à cara.

– Sabe? Fui pedida em casamento!

– Sim?!

– Sim, mas eu respondi que mamãe já me tinha prometido a um príncipe estrangeiro.

– Quem foi?

– Um velhote muito rico, mas muito feio, chamado Menezes. Depois desse, quem também não desgostou de mim foi o Eugênio Ribas. Esse não chegou a falar em casamento... mas deu a entender... e confessou ao dr. Tavares que me adorava!

– O Eugênio Ribas não é um moço louro, amigo do Nunes?

– Esse mesmo! Ia aos bailes em Friburgo, de casaca e luvas brancas. Por aqui há alguma novidade?

– D. Candinha esteve cá, ontem; veio convidar-nos para um baile masqué.

– Que bom!

Começaram logo as combinações de *toilettes* e de idas à cidade para compras.

Nessa tarde, quando Luciano abriu o portão do jardim, deparou-se com Sara que ia muito risonha ao seu encontro. Estranhou-a. A moça parecia-lhe agora mais alta e mais elegante. Usava um vestido branco transparente, que mostrava numa sombra tênue a sua carnação de loura, alva e rosada. Aquele traje dava-lhe um ar encantador de alegria e de ingenuidade.

Até então vira-a sempre de escuro, vacilando entre o cinzento e o preto tristonho do luto; os tons claros iluminavam-lhe a fisionomia numa doce irradiação de poesia e de graça.

– Entre depressa! – exclamou ela, – senhor ingrato, que não me mandava nem sequer saudades por intermédio de mamãe! E fique desde já sabendo que, para seu castigo, tem de desenhar hoje mesmo uma *toilette* de fantasia para esta sua amiguinha!

E puxou-o, rindo, para dentro, segurando-lhe a mão.

Luciano deixava-se ir, encantado com aquele acolhimento. Estava num dos seus dias de bom humor, e o passeio a S. Paulo e a ausência de Ernestina, cujo amor o enervava, tinham-lhe temperado os pobres nervos doentios. Sentia-se saudável e tranquilo naquela tarde.

Passaram todo o tempo da visita combinando fantasias para o baile de D. Candinha.

À despedida, Sara perguntou.

– É verdade, mamãe já foi ver a sua coleção de quadros?

– Coleção de quadros? Quem a ouvisse diria que possuo uma galeria!

– Está arrependido do convite que nos fez, ou gracejava quando nos relatou objetos artísticos e mais trapalhadas adquiridas na Europa?

– Não menti. O que desde já lhes digo é que a minha coleção é pobre; mas façam uma coisa: vão lá amanhã; por exemplo.

– Está dito! Valeu, mamãe?

Ernestina consentiu. Nessa noite ela foi dormir contentíssima: pareciam feitas as pazes entre Sara e Luciano Dias.

No dia seguinte, às 14:00 horas, desceram de Santa Tereza. A tarde estava quente, de um azul carregado.

A casa de Luciano Dias ficava perto, na rua do Riachuelo; era de uma aparência simples: fachada sem estilo, de um tom cinzento, com frisos dourados nas três janelas de peitoril.

Entraram; dentro, uma pequena escada de mármore conduzia à saleta de onde Luciano desceu a recebê-las. Ernestina estava comovida, Sara curiosa.

Momentos depois, conversavam no pequenino salão de Luciano, com ele afrancesadamente chamava à sua boa sala. Nas paredes de verde-escuro, encaixilhadas em madeiras finas, destacava-se uma multidão de objetos e pequenas telas: medalhões históricos, baixos relevo, adagas e punhais, recordações de *touriste*, insignificantes para os indiferentes; aqui um punho da mais rara *merletti* veneziana, ali um mosaico de Roma, um ramo da flor dos Alpes, a penugenta *edelweiss*, uma faca de Toledo incrustada de ouro, ou um leque de Madri.

Sara ia observando tudo com muxoxos de desilusão, até alegrar-se com a vista de uma formosa cabeça de mulher, que surgia, risonha e fresca, do fundo cor de aurora da tela.

Ernestina sentara-se num divã, procurando prender toda a atenção de Luciano; mas este respondia-lhe apenas, lisonjeado com a observação que Sara prestava a tudo, comentando os objetos, indo e vindo de um para outro lado, fazendo-lhe perguntas, apontando como feias, antiguidades que ele achava lindas, extasiando-se, às vezes, em frente de outras coisas que considerava medíocres! Tudo que tivesse um ar de alegria ou de saúde, era o que vibrava na moça maior entusiasmo. Um grupo de crianças, uma aldeã robusta, um pescador banhado de sol, um ramo de papoulas sanguíneas ou de frutas bem desenhadas e frescas, rebentavam-lhe dos lábios vermelhos frases de espontânea admiração.

Os assuntos diabólicos, nervosos, os quadros torturados em que, em fundos turvos, se estorcessem corpos aflitos ou relampejassem olhares de agonia, de dúvida, ou de ódio, tudo em que a dor domadora, atrocíssima e amarga, derramasse o seu travo ou fincasse o seu dente impiedoso; tudo em que a arte reproduzisse a lágrima e o sofrimento humano, arrepiava as carnes sadias de Sara, para quem a vida tinha só por dever ser risonha, ser boa, ser fértil!

Os seus olhos de menina inexperiente não compreendiam os requintes artísticos de um ou de outro autor, mas a sua alma entusiástica abria-se com alegria às impressões da arte.

Ernestina passeou o olhar através do lorgnon por tudo que a rodeava, sem demonstrar claramente as suas predileções, temendo cair em erros de observação. A filha, mal ou bem, ia apontando defeitos e belezas, manifestando sem rebuço a sua maneira de ver e de sentir. A cabeça do garoto, elogiada por Luciano, fez com que a moça batesse palmas de contentamento.

O busto talhado em mármore tinha energia, graça e independência, qualidades que se juntavam no caráter de Sara. A moça não pôde conter-se, e, com os olhos úmidos, beijou nas duas faces a cara rechonchuda do pequeno garoto de Paris.

Luciano estremeceu como se alguma coisa nova se tivesse revelado nele. Ernestina murmurou, repreensivamente:

– Sara! Que criancice!

– Ah! Mamãe! Se este diabinho é tão bonito! Repare para os olhos!... que malícia!... e para a cabeça!... que audácia... Não parece mesmo que esta boca está gritando: Viva a França! e que neste peito bate orgulhosamente um coração!

Estiveram algum tempo de pé em frente ao busto, depois Luciano conduziu-as para outra salinha interior, onde mandara preparar uma fineza de *lunch*.

Sobre o linho escarlate e preto da toalha, brilhavam pratos finos de bombons, frutas e guloseimas variadas. A viúva tirou vagarosamente as luvas, sorrindo com sossego para Luciano, que lhe dava o lugar de honra, à cabeceira. Sara, sem esperar por convite, sentou-se, dizendo alto:

– Ui! Tanta coisa!! Para mim bastam as uvas... o que peço é que não se admire se eu comer todas!

Luciano chegou para ela a cestinha das uvas e sentou-se entre as duas senhoras.

Ernestina rescendia a *Scherry-blosson* e as suas mãos bem tratadas moviam-se vagarosamente acima dos pratos ou do linho escuro da toalha. Por toda ela, descia um ar de tranquilidade e de ventura, fixando em Luciano um olhar calmo, como o de esposa feliz, em Sara um olhar de mãe confiante.

A moça, numa *gourmandise* notável, ia dando cabo das uvas brancas, falando sempre, enchendo a casa com a sua voz fresca e com os seus risos gorjeados.

Nessa tarde Luciano não saiu; sentou-se preguiçosamente a ler no seu escritório; mas a própria leitura fatigava-o e abandonava de vez em quando o livro, relembrando a graça de Sara, a onda de alegria que ela espalhara por toda a sua casa; os seus ditos, a singular mudança dos seus traços, do seu caráter e até da sua roupa! Nas duas horas em que ela estivera ali, quantas coisas notara!

Tinha-lhe feito observações justas e lembrado coisas em que ele agora nem repararia... aquela colcha de veludo preto suspensa na biblioteca fazia lembrar um pano de enterro... era uma fantasia de mau gosto. O piano deveria estar longe da janela... o busto do garoto mais voltado para a luz... a sala dos quartos não deveria ter cortinas... e faltava um tapete de fundo vermelho no escritório... tudo isso ela dissera à *vol d'oisead*, no primeiro relance; e ele percebia agora que ela tinha razão. Era como se de repente o vácuo de sua casa solitária se tivesse tornado em um corpo de mulher moça e contente, e lhe reclamasse tudo que lhe faltava... E parecia-lhe então que Sara fora momentaneamente a alma daquele ninho que ele enfeitava, amava, e que encontrava sempre mudo, frio, morto, incapaz de corresponder ao seu carinho!

E Ernestina? Parecera-lhe nesse dia um pouco avelhentada, medrosa de expressão. E teve pena daquela alma de criança, fechada em um corpo já em decadência... entretanto, ela era mais formosa do que a filha, e não era a filha certamente que ele amava!

Desde desse dia, Luciano não deixou de ir nem uma só tarde a Santa Tereza. E era sempre Sara quem o vinha receber, enquanto Ernestina o esperava, risonha e calma, na sua varanda entrelaçada de flores.

CAPÍTULO XII

Chegou a noite do baile masqué. Fazia calor e luar; o céu tinha poucas estrelas, mas muita luz.

Ernestina trajava um dominó à fantasia, muito unido ao corpo, da seda e rendas pretas, com
longa cauda e capuchão seguro ao cabelo por brilhantes esplêndidos. Ia elegante na sua seriedade. O seu desejo era ter ido decotada, com um traje farfalhante e claro, mas teve medo da crítica e absteve-se preocupada sempre com a opinião dos outros. Às dez horas, entraram no baile.

O Nunes abria os seus ricos salões burgueses num esplendor de luzes e de flores. Não tivera espírito para reviver na sua festa uma época histórica qualquer, em que tudo, convidados e casa, fosse submetido rigorosamente ao estilo e ao figurino do tempo reproduzido. Negociante rico e feliz, pouco afeito aos requintes literários, satisfazia condescendente e bondosamente ao capricho da esposa, proporcionando-lhe o ensejo de mostrar a sua casa e os seus jardins formosíssimos.

Luciano esperava as Simões na saleta da entrada. Ele riu-se vendo Sara com um vestuário diverso do que haviam combinado. Tinha-lhe aconselhado o romântico costume de Margarida, que lhe fazia valer a beleza das tranças, e ela lhe aparecia numa *toilette* extravagante, sem origem bem determinada e onde o ouro e o vermelho se embaralhavam indiscretamente.

Era uma verdadeira boemia de opereta com pandeiro, cabelo solto, braços nus, saia redonda tilintante de moedas. Sara zangou-se ao se deparar com Luciano encasacado, foi logo direita a ele, dizendo que, se todos fizessem o mesmo, não teria graça nenhuma o tal baile masqué! Depois de um muxoxo, acrescentou:

– Estou bem?
– Está linda!
– Se eu não lhe falasse, agora o senhor não me reconheceria. Mamãe

acha a minha *toilette* vulgar. Eu estava morta por saber a sua opinião... ainda bem que me acha bonita!

Ernestina ouviu tudo imóvel, sentindo um calafrio percorrer-lhe a espinha. Luciano não desviava a vista da cabeça loura da filha, onde flutuava a ponta de um lenço de seda vermelha.

Nessa noite ela não lhe pediu como costumava: dance com minha filha, sim? Ao contrário, desejava afastá-lo de Sara. Entretanto eles dançavam juntos.

A gentil boemia fazia tilintar as moedas da saia; em uma alegria barulhenta.

Estava feliz nessa noite; tinha ditos de espírito e havia sempre um grupo de rapazes a cortejá-la muito.

O Eugênio Ribas não a perdia de vista, procurando todas as ocasiões de estar a seu lado. A coisa chegava a dar na vista; algumas pessoas diziam mesmo que o Eugênio era já noivo da Sara Simões. O Nunes, velho amigo de Ernestina, julgou prudente advertir o moço, e ele lealmente confessou adorar a filha da viúva e esperar só um momento oportuno para fazer-lhe a sua declaração. Ernestina soube depressa da resolução de Eugênio e sentiu um alívio inexplicável. Entretanto Luciano, num zelo de pai, começava a achar embirrativa a assiduidade do outro.

Sara ia-o levando também, inconscientemente, atrás de si, de sala em sala, risonha e descuidada, sempre a preferência, distinguindo-o entre todos os outros.

Ele a seguia sem saber porque, obedecendo a um sentimento de proteção que julgava dever dispensar-lhe.

À uma hora, estavam no jardim. Como a noite estivesse quente, seguiram até o fundo, ao paredão que dava sobre o mar. Pelos relvados, circundavam linhas multicores de copinhos luminosos e um foco de luz elétrica, partindo do centro do jardim, derramava a sua luz diáfana sobre a verdura reluzente dos arbustos e a brancura marmórea das Vênus e das bachantes nuas.

A vegetação abundante e incomparável do Rio exibia ali os seus mais encantadores exemplares. Palmeiras variadíssimas, fetos enormes misturavam os seus leques e as suas rendas às carnudas begônias, às avencas sutis, às parasitas de formas artisticamente rebeldes e fantásticas, às rosas, aos cactos, aos jasmins, às flores ardentes e rudes e às flores idealmente brandas e leves como flocos de espuma. A folhagem vermelha e cor de ouro velho do croton tinha a seus pés os tapetes rose-dourados dos jasmins-manga, caídos como um chuveiro de perfume e de luz dos galhos claros da árvore.

Luciano continuava ao lado de Sara, sem saber mesmo porque se considerava agora o seu protetor e o seu guarda, num zelo mais do que paterno. A moça fugira um pouco à assiduidade importuna do Eugênio Ribas, confessara isso mesmo a Luciano, numa confidência amiga e sincera. A intimidade a que Ernestina os obrigara autorizara aquilo.

Sara encostou-se ao paredão, olhando para o mar. Uma expressão de indefinível doçura espalhou-se-lhe pela fisionomia, até aí radiante de alegria. Sobre a sua cabeça estendia os braços um formidável magnólia escura, em que as flores pálidas vazavam dos seus copos marfíneos o aroma da paixão, violento e entontecedor. Ao longe, do pavilhão das ipomeias, vinham os sons da banda com os seus clarins sonoros, e lá em cima, no azul tranquilo do céu, a lua ia rolando, lentamente!

Luciano contemplava extático a órfã do seu velho rival. Ela tinha os braços nus, brancos e estendidos para a frente, as mãos sobre as pedras esverdeadas do muro, os olhos, entrecerrados, acompanhando as ondas, que iam e vinham brandamente, queixosas.

Luciano contemplava-a assim, achando-a bizarra naquele traje quente que envolvia, como uma injúria, o seu corpo delicado e virginal, sentindo-a ao mesmo tempo mais cândida, mais ideal, mais doce do que nunca! Aquela cisma e súbita melancolia da moça tornavam-na como que uma imagem de santa milagrosa, que ele tivesse visto surgir por encanto daquelas flores ou aquele mar. Ora desejava vê-la sempre assim, imóvel e serena, ora sentia ímpetos de beijá-la, de mordê-la, de lhe dizer que a amava!

Sara prendera a meia máscara de veludo ao cinto e no seu rosto largo, onde sempre a expressão de lealdade tinha suprido a falta de delicadeza, iam agora rolando duas lágrimas.

– Em que pensa? – perguntou-lhe Luciano comovido, segurando-lhe na mão.

– Em meu pai! Sinto remorsos desta alegria que tenho tido hoje...

– Que criancice!

– Será! Mas que quer? Ele era tão bom! Amava-me tanto! e depois... bem sabe; é a primeira festa a que eu assisto aqui, nesta casa, onde tantas vezes vim em sua companhia! Ele era íntimo desta família... Papai e o Nunes eram como se fossem irmãos!...

Sara, excitada pelo excesso da dança e pelo aroma das flores, pôs-se a falar do comendador, relembrando os seus carinhos, o extremoso cuidado que lhe dedicava, a maneira por que se fazia criança para brincar com ela; a sua solicitude e bondade, o modo piegas com que a tratava, chamando-a: – Jojoia, meu bem!

Citava fatos, descrevendo a sua caridade modesta, a sua honradez sem mácula e a retidão do seu espírito. Dava ao pai uma auréola de santidade, sem esconder contudo a rigidez austera do seu caráter.

Luciano ouvia-a com uma atenção silenciosa simpatizando a pouco e pouco com esse homem, que ainda havia alguns dias odiara e que parecia agora outro através das saudades e das palavras de Sara!

Não analisava os seus sentimentos; esquecia todo o passado ao influxo daquela ternura filial; daquela voz argentina, molhada de lágrimas, que vibrava no ar perfumado da noite com uma doçura de sonho. Compreendia agora bem o coração extremoso e leal da moça; sentia-a forte, fiel, sincera e justiceira, alma feita para esposa e para mãe, capaz de todas as lutas, digna de todas as glórias!

Caía por terra o seu ciúme raivoso e ele desejaria agora ver o Simões reassumir milagrosamente o seu antigo posto ao lado de Sara e ao lado de Ernestina!

Quantas vezes a viúva lhe tinha respondido, quando ele maldizia o marido:

– Ele morreu! E ter ciúmes de um morto é uma insensatez!

– Não! – redarguia-lhe Luciano; eu preferiria ter ciúmes de um vivo, com quem pudesse lutar e a quem pudesse vencer!

– Mas se ele não tivesse morrido, eu ainda seria casada...

Era sempre esta frase e tapava a boca de Luciano, até que ele, entre risonho e agastado, concluía:

– Sim... ele teve ao menos o juízo de morrer a tempo!

Entretanto, Luciano via agora com respeito e comoção o nome daquele homem há pouco detestado! O coração abria-se-lhe a um sentimento novo de simpatia e de piedade.

Sentindo-se compreendida, Sara desabafou as suas mágoas. Referiu-se à historia do retrato do

pai, à mudança inexplicável do gênio de Ernestina, à maneira por que tirara o luto antes do tempo, o seu nervosismo, o modo por que evitava falar no marido, cujo nome deixara de soar em casa. Aquela ingratidão é que lhe doía muito!

Agitada pelas danças, pela música, pelo brilho da noite e o aroma voluptuoso das magnólias, Sara expandia-se, na embriaguez da dor, falando sempre, revendo-se no olhar de Luciano.

Ele se deixou envolver de tal sorte que se indignava contra Ernestina, esquecido de que tudo o que ela fizera tinha sido a pedido e a conselho seu! E olhava para a Sara amorosamente, embevecidamente!

Atrás deles, suspensas das árvores e de festões de folhas, pendiam as lanternas multicores, como fitas luminosas apanhadas aqui e além pela mão invisível da noite. A música do jardim tocava uma fanfarra, os sons dos clarins vibravam trêmulos e límpidos, espalhando pelo espaço uma grande sonoridade!

Ernestina aproximou-se de braço dado com o Nunes e chamou a filha com voz irritada e áspera.

Sara baixou humildemente o rosto, iluminado por uma comoção feliz. Seguiram ambas para a *toilette* à procura das capas.

CAPÍTULO XIII

A ama Josefa rematava uma costura quando sentiu um farfalhar de sedas pelo corredor.

– Um gente? como Iaiá vem bonita!

– Escute, Josefa, – atalhou Ernestina, – eu hoje espero uma visita aqui, em sua casa! Preciso da sala, ouviu?

– A casa toda é sua!...

– Que horas serão?

– São duas...

– Não pode tardar!...

Josefa correu à sala, para tirar, de cima do sofá e das cadeiras, camisas engomadas, dos fregueses, que lá tinha estendido, cobertas com uma tarlatana cor-de-rosa... E nesse trabalho ia pensando que a Ernestina era uma tonta, mesmo uma criatura muito sem juízo, e concluía:

– Por que diabo não se casará ela de uma vez?!

Quando voltou para dentro, encontrou a viúva Simões em frente do espelho, compondo os anéis do cabelo.

Mirou-a toda. Nem um vestígio de luto no seu traje!

Ernestina levava um vestido de seda mole, que lhe caía rente ao corpo, mostrando-lhe as formas delicadas da cinta, do seio e das pernas. Tinha nas orelhas duas safiras, a pedra da felicidade, que sorriam nas suas cintilações como dois olhos de anjo rebelde. Por toda ela, escorria um aroma quente.

– Esse vestido é novo? – perguntou a ama.

– É; não vê que tem a cor da moda?

– Azul... ou cinzento...?

– Azul elétrico.

– Ah!.. não sei que mais hão de inventar! Iaiá agora anda muito chique!...

Ernestina sorriu; mas depressa as sobrancelhas contraíram-se, formando-lhe uma ligeira ruga acima do nariz; esteve um momento silenciosa, pensativa e imóvel; tornou, porém, depressa a alisar com a mão a seda do corpinho. Tirou do bolso uma caixinha redonda, pouco maior do que uma noz, abriu-a, puxou por um pompom quase microscópico e agitou sobre o rosto com toda a sutileza, espalhando uma nuvenzinha de pó de arroz.

– Iaiá sempre dizia que não haverá de usá nunca essas coisas!... – observou a ama.

– Eu era moça! E hoje...

Houve um relâmpago de ódio a fuzilar-lhe nos olhos...

– É velha?! – perguntou a outra rindo.

Ernestina não respondeu; limpava com a ponta da toalha umedecida na água as pestanas e as sobrancelhas, que se desenhavam negras e finas numa leve curva harmoniosa. Depois, sacudiu os ombros com o lenço, examinou os dentes, as unhas... e prestou o ouvido atenta; sentira passos... mas os passos passaram e ela então disse com um sorriso irônico:

– Uma mulher apaixonada não deveria nunca envelhecer.

Bateram. Josefa correu a abrir a porta da sala; Ernestina relanceou a vista para o espelho e murmurou num desafio quase triunfante:

– Sara! Vamos a ver qual de nós duas vence!

Dois minutos depois, ela entrava na sala. Luciano foi ao seu encontro com um modo embaraçado, conquanto afável. Ernestina fixava-o com altivez.

– Chamou-me e aqui me tem, – disse ele procurando sorrir.

– Compreende porque não lhe pedi que fosse antes a minha casa.

– Não...

– Não?!

– Não.

– Deveras? E riu-se. Depois, num tom ora precipitado, ora lento:

– Pois vai compreender. Trata-se de minha filha.

Luciano não pôde reprimir um movimento de surpresa. A viúva observou-o um instante e continuou:

– O senhor tem tido várias vezes a bárbara franqueza de me dizer que a não pode suportar! Ela, além de todos os defeitos da má educação, tem a enorme desvantagem de ser o retrato do pai!... Ora, refletindo em tudo isso e de acordo com uma ideia sua, já mais de uma vez manifestada, resolvi uma coisa: – casá-la!

Luciano estremeceu, mas continuou silencioso e sério. Ernestina tinha o olhar cravado nele, procurando estudar-lhe os gestos e penetrar-lhe no pensamento. Aquele olhar cheio de fogo e de paixão perturbava-o tanto como as palavras que ia ouvindo.

– É já tempo de lhe declararmos o nosso amor e os nossos projetos. Para que o casamento se realize, é forçoso separar-me dela... assim o senhor me tem dito... Aconselhe-me agora.

Luciano quis falar, mas deteve-se. Ernestina esperou um segundo.

– Por que não responde? O senhor nunca teve cuidado em esconder de mim o mal que lhe queria. Disse-me muitíssimas vezes que a achava intolerável, mal educada, autoritária, feia e antipática. Foi por sua causa que eu a mandei para Friburgo; foi por inexplicáveis pedidos seus que escondi até hoje as nossas intenções, como se elas fossem criminosas.

"Não me tem custado pouco o mentir à minha filha, acredite! Se ela não tivesse por mim a veneração, o amor absoluto que me faz parecer a seus olhos a mais pura e a melhor das mulheres, que julgaria de mim?!

"Muitas vezes o senhor me tem dito que pareço indiferente ao seu amor, e fria!... Entretanto fique certo de que a minha frieza e indiferentismo têm-me custado um grande esforço, porque bem sabe que o amo com veemência, que o amo com paixão!

A voz de Ernestina tinha uma sonoridade nova, ondeando, entre a censura e a queixa, e a maneira acentuada e firme porque falava revestia-a de um encanto singular.

Houve uma pausa; a viúva Simões cortou-a com azedume:

– Devemos casar Sara quanto antes.

– Casá-la... – balbuciou Luciano como um eco.

– Sim! Eugênio Ribas ama-a, e como é seu amigo lembrei-me de uma coisa...

– É verdade?!

– É certo; e o que o senhor tem a fazer é o seguinte: – Vá ter com o Eugênio, prontifique-se a pedir a mão de minha filha, depois...

– Depois?

– Vá à minha casa e consulte a opinião de Sara; elogie o rapaz, que é na verdade digno. Em seguida, poderemos declarar-lhe as nossas intenções.

Ernestina falava com uma linguagem estudada, reprimindo os sentimentos, domados por um esforço de vontade que já não podia sustentar.

Contemplaram-se por algum tempo silenciosos. Luciano com espanto. Ernestina com altivez: por fim, ele disse baixo, num tom magoado:

– É impossível!– Impossível! Por quê?! Não tem sido o senhor mesmo a insinuar, a aconselhar, a exigir mesmo, que eu case minha filha?! Além de tudo, ela ama o Eugênio...

Ah!

– Adora-o!

– Confessou-lhe isso já? – perguntou Luciano.

A viúva não teve coragem de sobrecarregar sua impiedosa mentira e, corando um pouco, acrescentou:

– Sei que ela o ama... vive a falar nele a propósito de tudo... basta ouvir-lhe o nome para embaraçar-se... surpreendi-a pedindo à Georgina notícias dele... É natural, são ambos moços... são ambos bonitos...

– Sim... são ambos moços...– Luciano baixou a cabeça entristecido por aquela confidência, pensando na felicidade do outro. Ernestina compreendeu-o talvez e agarrou-lhe na mão com doçura, falando-lhe baixinho e tratando-o por tu, pela primeira vez.

– Oh! meu Luciano, como te amo! Como eu te quero bem! Havemos de ser felizes... Há tantos anos já que nós sonhávamos com essa felicidade!... Lembras-te? Eu era ainda menina! Quando vesti o meu primeiro vestido de mulher, eu já te amava! Foste tu que despertaste o meu primeiro sonho... serás tu quem me feche caridosamente os olhos quando eu morrer, beijando-te! Meu marido! Meu marido! Luciano! Lembro-me ainda de todas as palavras que me dizias há vinte anos!... Dize-me outra vez que me amas... Estás triste!... Eu daria todo o meu sangue para que fosses feliz! Amo-te assim.

Luciano ia sentindo reviver pouco a pouco o amor. Sara amava outro? Que amasse! Era tempo de acabar com aquilo; que se casassem depressa e lhe fugissem dos olhos.

Ernestina falava agora, falava sempre, já sem calma, feliz, desatando frases de queixa, de censura, de desespero e de amor, deslumbrando Luciano com a sua voz quente, a sua formosura miraculosamente rejuvenescida nessa hora de enlevo e de paixão ardente e concentrada.

Ele já não a observa com reserva, mas com admiração.

A pouco e pouco, a palidez mate, o luminoso olhar da viúva, toda aquela febre em que ela se revolvia, iam-lhe acendendo desejos de a apertar nos braços. Ela percebeu isso e postou-se defronte dele, com o corpo arfando sob a seda mole do vestido e a cabeça inclinada como a pedir beijos.

Luciano ergueu-se desvairado e quis beijá-la, ela furtou-se a isso nuns movimentos arredondados e lânguidos, e, baixando a cabeça muito risonha e feliz, disse-lhe quase num murmúrio:

– Depois...

Foi então Luciano quem prometeu ir falar ao Eugênio e combinou a maneira de o fazer sem indiscrição. A viúva envolvia-o num longo olhar voluptuoso e perturbante, ele ia prometendo tudo quanto ela queria e mandava.

– Amanhã ficará tudo acabado? – perguntou-lhe por fim Ernestina.
– Assim o espero.
– Adeus.

Nessa tarde, Ernestina, ao tirar no seu quarto o lindo vestido de seda, parou em frente ao espelho, olhando para os braços e o colo nus, de um moreno delicado que a luz tingia de um reflexo dourado. Contemplou-se por muito tempo e concluiu triunfante:

– Sara é moça, mas eu sou mais bonita!

Luciano saíra tonto! As palavras de Ernestina, o seu corpo esbelto, as atitudes provocantes, o aroma forte que a envolvia, e aquela cena de paixão e de enleio, tinham-no alvoroçado. Ele se acostumara à serenidade um tanto fria da moça; o seu amor por ela já se ia tornando num hábito mais digno do nome de amizade. Agora, porém, as coisas mudavam e ele sentia que iam mudando a tempo.

Durante todo o resto do dia, vibraram nos seus ouvidos as expressões queixosas de Ernestina, e as narinas dilatavam-se-lhe, sentindo como que impregnada a essência dela no seu fato, na sua própria pele!

À tarde, deveria procurar o Eugênio, mas às primeiras horas da noite, ainda o encontraram em casa, e em casa ficou sem resolução, atado. A verdade era que, com o correr das horas, Ernestina ia cedendo lugar à filha, e ele sofria querendo e não podendo cumprir a extravagante missão que lhe dera a Simões.

Luciano mesmo estranhava aquela indecisão. Sara não lhe era nada, havia poucos dias apenas que percebera que ela não era feia e que tinha espírito. Procurava abster-se de pensar nela, mas o pensamento teimoso voltava a reproduzi-la num deleite amargo. À proporção que o tempo avançava, ele enfraquecia no propósito de obedecer à viúva. Não compreendia agora o amor de Sara por Eugênio Ribas.

Supunha a confidência de Ernestina um estratagema.

Ele tinha julgado ler nos olhos de Sara, essas estranhas pupilas ora castanhas ora azuis, alguma coisa de infinitamente doce, uma promessa, um sonho, um voo de pensamento que parecia dirigir-se a ele.

Com a ausência, o vulto de Ernestina ia-se esfumando no seu espírito, e numa irradiação de luz
 ele via Sara, dizendo-lhe na sua grande franqueza:

– Amo-a!

E era toda essa graça, lealdade e candura, toda essa mocidade e alegria que ele ia oferecer a outro, a um estranho, que a não compreenderia nunca talvez! Esposa...

Ele também a preferirira para esposa, quereria ser ele a conduzi-la ao altar e chamá-la - minha!

Em toda a sua vida era a primeira vez que essa palavra simples assumia no seu pensamento proporções tão belas! E Sara haveria de sagrar essas três sílabas divinas com as suas qualidades perfeitas, seria esposa amorável e honesta a quem a mentira repugnasse e o sacrifício aprouvesse!

Não se resignando a falar ao Eugênio Ribas nesse mesmo dia, Luciano sentou-se à mesa e escreveu longamente à viúva Simões. Alegou necessidade urgente de partir nessa madrugada para Minas, para onde o chamava, por telegrama, um velho parente moribundo...

Adiava tudo para a volta.

Luciano escreveu aquilo com a convicção de poder mais tarde vencer a sua vontade e apressar o casamento de Sara. Entretanto, percebia bem: se Ernestina era para ele a mulher de fogo que lhe queimava a carne, a filha era a mulher de luz benéfica que lhe iluminava o futuro, e ele amava a ambas, a uma com os sentidos, a outra com o coração.

CAPÍTULO XIV

Fazia um calor abafadiço e medonho.

Pelas janelas abertas da sala, via-se a cidade coberta por um pesado véu cinzento da atmosfera enfumaçada e densa.

As plantas enlanguesciam no jardim e a areia faiscava na sua alvura brilhante.

Ernestina estava na sala, onde o retrato do marido reassumira o seu antigo posto. Caíra num grande abatimento. A carta de Luciano tinha-a amargurado. Era evidente que ele fugira à entrevista com o Eugênio Ribas: Amaria então muito a filha? Era isso o que a desesperava.

Compreendia finalmente que não soubera inspirar a Luciano mais do que uma paixão carnal. O coração e o espírito tinham vivido alheios. Ele quisera um galanteio e ela lhe dera todo o seu amor.

Envergonhava-se de ter sido tão crédula; se o tivesse tratado com desdém, ele a adoraria talvez! – ela.

Tomou a ler a carta, e amarrotou-a com desespero. Vendo fugir o noivo, sentia recrudescer a sua paixão. Amava-o como nunca!

A rivalidade com a filha exacerbava isso. A mocidade de Sara era a sua tortura. Invejava aqueles dezoito anos, aquela alma primaveril, aquele rosto fresco e tranquilo. Estremecia, com medo da velhice, da sua fatal e terrível decadência que sentia já perto, muito perto.

Suprimir Sara, pelo casamento, era o seu sonho de ouro! Na sua imaginação doente surgiam ideias extravagantes. Pensou em ir, ela mesma, procurar o Eugênio Ribas, ou fazer-lhe constar pelo Nunes, que daria um grande dote à filha...

Ernestina era delicada e repeliu depressa essa lembrança. Seria expor a filha a comentários, isso nunca! Como sair daquele embaraço? Queria vencer, custasse o que custasse. Seria abominável que Luciano lhe fugisse uma segunda vez! A sua esperança era de que a filha não retribuiria nunca o amor dele!

Ernestina imaginara que haveria de ser cada vez mais amada, exatamente por não ter cedido aos desejos e às solicitações do noivo e eis que via agora se desmoronarem todos os seus cálculos e suas aspirações.

Enraivecia-se contra Luciano! Imaginava os mais estranhos e esquisitos meios de prendê-lo a si. Já não importava tanto que ele amasse a outra, contanto que se casasse com ela!... Ser abandonada sendo formosa e livre, era uma monstruosidade! Depois, Ernestina já se humilhava a que o Luciano se deixasse amar, unicamente desde que pudesse dizer alto à vista de toda a gente, a verdade que sepultava na alma havia tanto tempo! Ser feliz com ele, por ele, dedicar-se-lhe completa, absolutamente, era o seu sonho.

Tinha fé que todo o seu carinho, todo o seu amor e cuidado cativariam o marido mais do que haviam cativado o amante!

No meio destes pensamentos, que se atropelavam desordenadamente no seu cérebro, a viúva foi interrompida por Sara que, entrando na sala, foi direita a ela.

Mãe e filha olharam-se, como se adivinhando.

Subitamente a moça, que era como fora o pai, de uma franqueza arrojada, disse num tom sacudido e firme:

– Tenho que lhe dizer.

– Ah!...

– Deu-me ontem a entender que o Eugênio Ribas quer se casar comigo...

– Sim, quer.

– Pois eu não quero.

– Oh! Ele é um moço excelente, muito bem educado.

– Seja o que for; não gosto dele.

– Minha filha! repara que ele faria a tua felicidade...

– Não. Enfim, mamãe, eu só lhe peço uma coisa...

Ernestina ouvia-a, suspensa.

– Se ele vier pedir a minha mão, não me consulte; diga-lhe logo que eu amo outro.

– Amas outro?!

– Sim.

– Quem é esse outro? – perguntou Ernestina com medo, com uma voz abafada, segurando-se ao braço da filha.

– Luciano.
– É mentira! – exclamou Ernestina já de pé e com raiva, é mentira!
Sara olhava-a com pasmo; a viúva deteve-se um minuto, depois a puxou para si, beijou-lhe a tranças, as faces, os olhos e murmurou quase numa súplica:
– Ah... dize-me que é mentira!
Sara não respondeu: olhava-a sempre com o mesmo olhar espantado e mudo.
A mãe levou-a até o sofá, fê-la sentar-se, sentou-se ela também e segurando-lhe nas mãos deixou-se resvalar até ficar quase de joelhos aos pés da filha. E foi assim, com os olhos empanados de lágrimas que ela disse:
– Eu também o amo, Sara, eu também o adoro!
A moça teve um gesto de horror e de susto a mãe prosseguiu:
– Escutai, para ti ele é um amor que começa, um capricho de criança talvez, que se apagará depressa; e para mim ele é a vida, toda a minha mocidade! Eu era ainda mais nova do que tu e já o amava!
Abandona essa ideia! Tens um futuro tamanho!.. amarás depois outro homem, mais novo, mais belo, mais digno de ti! Eu é que estou no fim... eu é que já não tenho esperança e que morrerei se ele me desprezar!
Sara, com o rosto voltado para fora, não respondia. Ernestina suplicava-lhe:
– Olha para mim! Não imaginas o sacrifício que tenho feito para te esconder este amor! E ele é tão velho em meu coração! Quando eu te gerei, quando te sentia nas minhas entranhas ou que te suspendia no meu seio, ele já palpitava em mim, com o mesmo fogo, com a mesma violência!
Sara voltou os olhos para o retrato do pai e duas lágrimas grossas deslizaram-lhe devagar pelas faces.
Surpreendendo a dolorosa piedade que aquele gesto exprimia, Ernestina murmurou:
– Respeitei sempre teu pai e procurei por todos os modos fazê-lo feliz... Se o meu coração era de outro...
A filha sufocou-lhe a frase tapando-lhe a boca com a mão, fria e nervosa. Houve uma pausa, ouvia-se a cansada respiração de ambas. Sara retirou mão com um movimento brusco.
Ernestina soluçou baixo:
– Dize-me que lhe fugirás!
Sara não respondeu.

– E hás de ser tu, minha filha! quem me roube a ventura com que desde menina sonho! Sara, eu sou uma louca! Ah! Na minha idade as paixões são assim, levam a estes desatinos! Como é cruel a velhice!... como tu és feliz, minha Sara!

Ernestina, cobrindo de beijos a mão gelada da filha, foi-lhe contando tudo baixo e precipitadamente.

Revelou assim, numa doidice indiscreta, as promessas e exigências de Luciano, os seus conselhos e até os seus ditos ferinos contra a filha!

Já exausta, Ernestina deixou-se cair sentada na alcatifa. Sara então levantou-se, atravessou a sala sem olhar para trás e saiu. A mãe ficou só com o rosto sumido no estofo de um *fauteuil*, soluçando alto como uma doida!

CAPÍTULO XV

Sara encerrou-se no seu quarto. Sentia-se atordoada e opressa. Esteve longo tempo à janela com os olhos parados no azul acinzentado do mar.

A pouco e pouco, via esclarecidas muitas passagens de outrora: frases irônicas e secas de Luciano, atitudes constrangidas da mãe e mesmo certos ditos levemente maliciosos da Georgina, que tinha sido, como sempre, muito mais perspicaz do que ela...

Isso tudo lhe vinha à memória demoradamente, como se umas coisas arrastassem outras.

Mas afinal, o que tangia com mais dor no seu coração eram aquelas pungentíssimas palavras da mãe, referindo-se à antiguidade do seu afeto: "Quando eu te gerei, quando te sentia nas minhas entranhas ou que te suspendia no meu seio, ele já palpitara em mim com o mesmo fogo, com a mesma violência!"

Eram essas expressões nervosas e apaixonadas que soavam mais repetidamente aos ouvidos da moça.

Por que se teria casado a mãe! Por que teria mentido àquele santo, que se não fosse a filha estaria completamente esquecido na terra? Envergonhava-se como se, por ter sido concebida sob a influência desse amor, tivesse comparticipação no crime da mentira. Votava tal adoração à memória do seu querido morto, que, mais pequena ainda que tivesse sido a falta, lhe pareceria uma monstruosidade! Amar um homem e casar com outro era, aos seus olhos castos, uma ignomínia! Que mistério haveria em tudo aquilo? Por que não se teriam eles declarado e unido se eram ambos livres?! Começava a duvidar da honestidade da mãe; queria-a toda voltada para aquele que a amara, leal, exclusivamente!

A confissão de Ernestina fora até a brutalidade. Para que lhe desvendar as queixas e antipatias de Luciano? Não precisava disso para compreender agora tudo: a retirada do luto antes do tempo... a história do retrato... o seu afastamento para Friburgo... os gestos e as conversas com que procuravam livrar-se dela... Lamentava ter vazado a sua alma no coração de Luciano naquela terrível noite do baile. O seu amor transformara-se subitamente em ódio: Execrava

Luciano, não compreendia mesmo como o tivesse amado! E o amara talvez por tanto ouvir falar dele; à força de vê-lo na intimidade da casa, de respirar aquela atmosfera em que o nome dele, o gosto dele, a ida dele pareciam impregnar-se; fora talvez por ter sido tratada por ele com pouca atenção... Nascera esse amor do ressentimento, morria na raiva!

Sara começou depois a passear pelo quarto, mordendo as mãos, sacudindo os ombros em movimentos fortes, sobressaltada, coberta de vergonha só com a ideia de que Luciano adivinhara o seu primeiro amor! Que a vira chorar, que demorara nas suas pupilas enternecidas os olhos pérfidos, que lhe apertara as mãos com modo enamorado, sentindo-a dele... toda dele!

Revia tudo: as vozes... as luzes... o mar... as flores... o seu nome suspirado por ele num enlevo... aquele perfume, aqueles batimentos de coração... aquele despertar no amor, que a comovera tanto!

Enganada, enganada! Pensava ela com asco de si mesma, como se tivesse sido um crime a sua credulidade. A mãe tinha-lhe mentido. Tinham-lhe mentido todos que a rodeavam!

Começava a odiar toda a gente.

De repente, estacou; a visita do Rosas ocorreu-lhe como a lembrança da maior ignomínia de toda a sua vida. E a mãe, que a tinha deixado sofrer tanto.

Pensou logo que Ernestina já não a amasse. Cuidou mesmo que ela talvez desejasse a sua morte...

O calor sufocava-a. Sentia um novelo na garganta, que lhe tapava o ar. Foi ao lavatório, encharcou a toalha de rosto na água do jarro e envolveu-se nela.

Nisso, a Simplícia passou rente à janela cantando, em um disfarce, para ver o que se passava lá dentro do quarto da moça. Sara retraiu-se, envergonhada, lembrando-se de frases da mulata, percebendo a sua curiosidade.

Toda a gente sabia do amor da viúva por Luciano, só ela ignorara tudo! Simplícia voltou, ondulando o seu corpo de cobra em movimentos preguiçosos, cantarolando entre dentes.

Era demais! Sara fechou violentamente as venezianas e recomeçou agitadíssima a passear de um lado para outro.

Até as negras de casa queriam vigiá-la!

Supôs que tivesse sido aquilo mandado pela mãe, e rasgou-lhe o retrato num ímpeto, arrancando-o da sua cabeceira onde ele sorria junto do retrato do esposo!... Depois atirou ao chão a fotografia despedaçada, e voltou-se religiosamente para o retrato do pai.

Amava-o mais do que nunca! Beijou-o, disse-lhe baixinho tudo que ia voando pela sua imaginação...

Queria vingar-se e vingá-lo, remir os beijos que a má lhe dera, pensando no outro; fazê-los amargar aquele crime; aniquilá-los entre as suas mãos frágeis. A vergonha de ter amado Luciano, de lhe ter demonstrado o seu amor nascente, punha-a vermelha, trêmula, excitada.

Como podia isso ter sido, santo Deus? Agora lhe chamava miserável, cão, cão!

Teve vontade de socorrer-se em alguém, e achava-se só no mundo, completamente só!

Sara pestanejava, sentindo nas pupilas secas uma impressão dolorosa, como se as tivessem polvilhado de areia quente. O sangue tingia-lhe todo o rosto de um rosado vivíssimo e ela apertava com as mãos geladas as fontes palpitantes. A toalha resvalara-lhe dos ombros para o chão, e através do vestido molhado, via-se-lhe tremer a carne das costas em convulsões repetidas. O pai olhava-a com o mesmo olhar mudo e frio. A moça deitou-se abatida por uma vertigem que a sossegou momentaneamente. Depois abriu os olhos para o teto nu. Voltou-lhe o conhecimento das coisas. As lágrimas não vieram, mas veio a febre.

CAPÍTULO XVI

Eram 11 horas da noite; no quarto de Sara havia um rumor baixo de vozes e um forte cheiro de mostarda com que sinapizavam a doente. A lamparina espalhava uma claridade morna e discreta. No papel branco da parede, o cortinado da cama desenhava em sombras movediças as suas rosas, pâmpanos e fetos. Sara estava ali deitada de costas no seu leito de virgem, com os olhos cerrados, imóvel como a imagem de um túmulo. A mãe mudava-lhe os sinapismos, ajoelhada no chão, com as mãos sumidas em baixo dos lençóis, os olhos vermelhos, maltratados pelo choro.

O médico examinava com atenção o remédio acabado de chegar da botica.

– Deem-me uma luz – pediu ele, impaciente, revirando entre os dedos magros o frasco do xarope.

A Ana chegou uma vela, fazendo com a mão anteparo, para que a claridade não batesse no rosto da doente.

– Erraram a fórmula! Erraram como burros! – gritou o doutor, lendo com atenção o rótulo e mirando a cor opalizada do remédio.

Ernestina voltou-se; o médico abrira o frasco e lambia a ponta do dedo molhada no xarope.

– Peço remédio e mandam-me veneno, – resmungou o médico zangado, pousando o vidro sobre a

cômoda.

– E agora? – perguntou-lhe Ernestina.

– Agora é preciso mandar buscar outro.

– Chamem o João! – Gritou a viúva para dentro.

O médico escreveu, exigindo que fossem a outra farmácia.

– Eu não quero que minha filha morra! – gemeu Ernestina.

– Não morrerá, descanse...

– Não me engana, doutor?!

– Estas doenças cerebrais são graves, gravíssimas... mas espero que havemos de triunfar.

– Oh! O senhor não tem certeza!

– Sua filha tem um temperamento sanguíneo muito forte... mas, Senhor, que determinaria isto?!

Era a vigésima vez que ele fazia aquela pergunta. Ernestina suspirou, muito opressa.

– Daqui a uma hora, dê-lhe uma colher de xarope. Depois só o calmante.

A viúva acompanhou o médico até a porta repetindo a pergunta:

– Há perigo... há muito perigo?!

– Não posso dizer nada... por enquanto... – respondeu o médico embaraçado.

Ernestina juntou as mãos, aflita.

– Amanhã deve apresentar melhoras... – murmurou ele, procurando consolá-la. Ele saiu, Ernestina voltou cambaleante para o quarto da filha. Aproximou-se do leito; Sara tinha os olhos abertos, mas fixos, mudos.

– Meu amor... como estás?

Sara não se moveu. Ernestina recuou, chorando, para um recanto mais sombrio do quarto.

Havia já muitos dias que aquilo era assim; dias e noites passadas naquele canto, com as mãos nos joelhos e olhos na filha. De vez em quando, levantava-se; Sara gemia, ela ia arranjar-lhe a roupa, beijá-la, pedir-lhe perdão, baixinho, com toda a humildade e ternura; sem obter nenhum olhar em resposta, voltava para o seu canto, lugubremente. Rezava então de um modo desordenado e aflito, encolhendo-se na cadeira, com verdadeiro pavor do retrato do marido que continuava suspenso sobre a cabeceira da cama, e que parecia estar ali para proteger a filha e arguir terrivelmente a esposa. A viúva via incessantemente esta pergunta atroz nos olhos dele:

– Que fizeste de nossa filha?

Sara balançava-se entre a vida e a morte. A mãe não sabia de mais nada; estava sempre ali sem dormir, sem se despir, quase sem comer, com o rosto transformado, o cabelo em desalinho, os lábios a murmurarem preces e promessas:

– "Meu Deus! se salvares minha filha, eu vestirei dez órfãos pobres e dar-lhes-ei educação... Virgem Maria! se deres saúde à minha filha, eu irei descalça, como a mais humilde e pobre das criaturas, angariar esmolas para os velhinhos fracos e aleijados!..."

Ao médico, ela suplicava, de joelhos; que lhe salvasse a filha, prometendo-lhe fortunas e coisas impossíveis!

Quando a noite chegava, era horrível! Via-se sozinha; a filha parecia-lhe, às vezes, moribunda, outras vezes, morta.

Então tinha medo de se chegar à cama, arrastava-se de joelhos e rezava ao retrato do marido como rezaria a uma imagem sagrada. Ela era a culpada de tudo!

O remorso juntava-se à dor. Agora a sua felicidade seria ver Sara feliz. O seu amor era um crime! Pedia perdão a Deus, prometendo-lhe altares de ouro se ele salvasse Sara!

Naquela noite, Ernestina estava mais agitada do que nunca. O cansaço físico juntava-se à fadiga e tortura moral. Ela se revoltava contra o corpo, sentindo por vezes vacilar-lhe a vista e a razão.

No silêncio profundo da noite, a badalada da uma hora soou como um grande suspiro de agonia. Ernestina levantou-se e foi direita à cômoda.

O médico tinha recomendado vigilância e extrema pontualidade nas horas do remédio... Ela tomou o vidro por onde o remédio coava uma boa cor opalina e aproximou-se do leito. Sara tinha os olhos abertos, mas como se não vissem; a mãe agitou-a, ela moveu a cabeça com um gemido... Ernestina chegou-lhe a colher à boca, a moça cerrou apertadamente os lábios. Foi então uma luta até que a mãe forçou-a, batendo-lhe com a colher nos dentes, a tomar o remédio; chegava a ser brutal, mas queria a todo o custo a salvação da filha! Sara não pôde engolir o xarope, gorgolejou-lhe na boca e saiu espumante, escorrendo-lhe pelo queixo.

Desesperada, Ernestina deu-lhe outra colher e tapou-lhe depois rapidamente a boca, com a mão espalmada. A doente engoliu com ruído, e ficou-se, como dantes, imóvel. A viúva beijou-a devagar, como a pedir perdão por aquela violência, e levantou-se; mas ao voltar-se estremeceu!

Sobre a mesa de cabeceira, estava o outro vidro de xarope.

De repente lembrou-se de tudo e viu o seu erro. Enganara-se nos remédios. Comparou os dois frascos, eram iguais no tamanho, eram quase iguais na cor... mas num estaria talvez a salvação, no outro estava com certeza a morte!

E fora a morte que ela levava à sua amada, à sua idolatrada filha!

Ernestina correu para fora, gritando pelos criados: tornou depois a entrar no quarto, e lhe pareceu que as pupilas de Sara se tinham dilatado muito e que na sua pele branca e pálida desabrochavam manchas violáceas. Tornou a sair e foi bater com ambas as mãos na porta do quarto das criadas, que já se vestiam estremunhadas e aflitas. Quis tornar para o lado de Sara, não teve coragem e atirou-se para o jardim.

A casa do hortelão era ao fundo, meio encoberta pelos pés de murta, ao lado da horta.

Ernestina correu para lá, pisando nos canteiros, colérica contra os espinhos das roseiras que a obrigavam a parar, prendendo-lhe o vestido que ela estraçalhava.

O João acordou assustado, ouvindo a voz da patroa que lhe ordenava de ir chamar o médico depressa, muito depressa. Ele respondeu que sim, com a voz empastada, cheia de sono.

– Chame também um padre! Minha filha morre!

Ernestina voltou para dentro mais uma vez. Seguiu pelo corredor com as mãos no ar, o peito arfante. Esbarrou na porta do quarto de Sara, sem forças para entrar, com medo da morte.

Esteve algum tempo inerte, encostada no umbral, repetindo baixo, num tremor nervoso, matei minha filha... matei minha filha... matei minha filha... Espreitou de longe, por fim; criadas rodeavam a cama de Sara. Lembrou-se de repente de ir buscar Luciano; Sara amava-o, só ele a poderia salvar!

Seria o amor, o Cristo que ressuscitasse aquele corpo exânime e que fizesse erguerem-se, na miraculosa paz das almas satisfeitas, aquelas pálpebras imóveis e aquela pálida cabeça de moribunda! Só a amor teria o poder mágico de acordar aquela carne que nem os seus beijos, nem as suas lágrimas faziam estremecer?

Ernestina saiu para a rua e correu pelo morro abaixo, num atordoamento. Ia para buscar Luciano, o seu amado, o seu sonhado esposo, e dizer-lhe: confesse o seu amor à minha filha a salve!

O caminho estava negro, a viúva sentia o vestido embaraçar-se-lhe debaixo dos pés; tropeçava a miúdo, caiu uma vez; ergueu-se; e foi seguindo.

Não levava nem chapéu nem xale, e o vestido leve, caseiro, mal a resguardava da chuva que principiava a cair.

Uma patrulha cortou-lhe o caminho; ela lhe disse, entre soluços: – Vou buscar Luciano, minha filha morre! E com tal dor disse aquilo que a polícia deixou-a passar, através da noite, sozinha na sua angústia!

A chuva caía do céu enegrecido; as casas estavam fechadas e mudas, as ruas solitárias; os lampiões de gás pareciam tochas fúnebres, acesas de longe em longe e os passos da viúva Simões soavam no meio daquilo tudo de uma maneira irregular, nervosa, triste.

Chegou quase morta à rua do Riachuelo; encostou-se à parede dum prédio, tateou a campainha elétrica e vibrou-a sem interrupção até que lhe abriram a porta. Era a casa de Luciano; o criado reconheceu-a logo e não pôde conter um murmúrio de espanto.

– A senhora aqui!... a estas horas! – balbuciou ele.

Ernestina não respondeu; galgou os degraus e seguiu esbarrando nos móveis e nas paredes até perto do quarto de Luciano, para onde gritou com toda a sua alma, num último esforço:

– Luciano! Luciano! Matei minha filha! Salve minha filha!

Ernestina não pôde suster-se por mais tempo em pé. A vista escureceu-se-lhe, os joelhos vergaram-se-lhe e ela caiu desmaiada.

Quando Luciano entrou na sala, ela ainda estava estendida no chão.

O criado iluminava a cena, com os olhos espantados. Vendo o amo, perguntou indeciso:

– Ela diz que matou a filha... quer o senhor que vá avisar a polícia?

– Quero que vás chamar um carro, oh, burro! Pois não vês que ela morre?

Luciano tinha chegado nesse dia da viagem a Minas, arranjada como pretexto para adiar as explicações com o Eugênio Ribas. Nada sabia acerca de Sara, temia escrever a Ernestina em quem pensava, quando longe, como numa doce amiga de infância, e quando perto, no alvoroço dos sentidos, como na mais desejável das amantes! Aquela mulher era um enigma!

Desde os tempos antigos da sua primeira paixão, que ele lhe fugira por medo!...

A beleza de Ernestina era então de uma singularidade atormentadora! Vira sempre nela a tentação da carne, chamando-a por isso de: – virgem inconscientemente pecaminosa! Nunca lhe ocorrera dar-lhe uma flor. Se pensava em presenteá-la, vinham-lhe à ideia pedrarias caras,engastadas em metais rijos e vistosos.

A não ser como amante, lasciva e ardente, ele só podia conceber Ernestina casar-se com um príncipe poderoso ou um desses homens fantásticos, das lendas, que a vestisse de roupas suntuosíssimas e a fizesse servir em baixela de ouro. Era a mulher destinada, pela sua formosura emocionadora, ao luxo, à grandeza e ao amor!

Não que o seu rosto fosse de linhas puras, nem que as suas palavras denunciassem a volúpia; aquele ardor, aquele domínio, vinham da sua pele, do seu olhar, do seu porte e do seu sorriso.

Decorreram anos depois de tudo isso; agora ele a sabia boa e honesta; a sua vida de casada fora doce, invejável, simples, reta! Inda assim, era sempre a mesma impressão esquisita, meramente sensual, que essa mulher produzia nele!

Lamentava-se disso agora que, pela convivência, conhecia as maneiras e ideias severas de Ernestina, sempre tão correta e tão fria.

Aquela cena em casa da ama Josefa encheu-o de assombro e de piedade. Calculava o sacrifício que teria custado à viúva o seu coquetismo quase canalha.

Ernestina aí estava agora a seus pés, com o vestido sujo de lama, o cabelo solto, os olhos dentro de um círculo negro.

Luciano, atônito, curvou-se para vê-la bem de perto.

O criado repetiu:

– O senhor fará o que entender... mas eu sempre achava bom avisar a policia...

– Um carro, já disse! – gritou Luciano com raiva; e enquanto o outro saía a procurar um carro, ele fixava com susto a fisionomia da viúva.

– Que se teria passado? As hipóteses voavam-lhe doidamente pelo espírito. Suspendeu a viúva, pô-la no sofá ajeitando-lhe a cabeça numa almofada.

Julgava-a vítima de uma febre. Era delírio tudo aquilo: a sua vinda e aquelas palavras horríveis

que o tinham despertado de um modo tão cruel.

– "Matei minha filha; salve minha filha!"

Luciano vestira um robe de chambre ao conhecer a voz de Ernestina, apressando-se em vê-la: agora fazia rapidamente a sua *toilette*, com o ouvido à escuta e o coração aos saltos.

Sara... Sara! Meu Deus! Que haveria de verdade em tudo isso? A ser delírio, não teriam deixado a doente sair aquela hora... sozinha... Loucura? Quem sabe?... Mas como? Por que teria enlouquecido Ernestina?... E, no fundo do seu espírito, debatia-se o medo de que realmente a viúva tivesse estrangulado a filha em um momento de ciúme...

Ao mesmo tempo, a razão lembrava-lhe o amor daquela mãe, para quem a filha era o símbolo da perfeição na terra, o inexaurível manancial de todos os bens! Impressionado e perplexo, ele procurava, às vezes, interrogar a viúva, mas curvava-se para ela, sem ânimo de a despertar, abandonando-a naquela vertigem que a imobilizara completamente.

A chuva tinha engrossado e batia agora com força nos vidros da janela.

Luciano ia e vinha do quarto para a sala, esperando a todos os momentos o carro, ansioso por sair e saber a verdade!

Mas o carro tardava e, acabada a sua *toilette*, ele iluminou a sala e sentou-se em frente da viúva Simões. Que diferença. Ela parecia-lhe muito mais morena; os cabelos caídos para os ombros davam-lhe um aspecto de louca, e a sua boca, deliciosamente pequenina e vermelha, estava então desbotada, entreaberta numa expressão de agonia.

Luciano, não tendo em casa éter, recorreu às essências, mas vacilava se deveria ou não chamar a viúva à realidade da vida. Julgou mais acertado levá-la assim, receando que lhe sobreviesse uma crise violenta.

Pobre mulher! - pensava Luciano com infinita tristeza. E sentia uma dor incompreensível, que seria talvez o remorso, imaginando que no fundo a causa de tudo aquilo... era ele!

CAPÍTULO XVII

As criadas tinham despertado aoss gritos de Ernestina, mas quando saíram do quarto já não a encontraram. Foram todas rodear o leito de Sara, espavoridas sem atinar com o que fizessem.

A cozinheira tomou por fim o expediente de mandar o jardineiro chamar o padre Anselmo. A moça estava nas últimas, afirmava ela. Saiu para isso e encontrou o hortelão já na porta, acabando de enfiar já as mangas da jaqueta.

– Seu João? Nhá Sara tá morrendo... vá chamá o padre...

– A patroa já me disse...

A Benedita voltou chorosa para o lado da doente. O seu coração sentia uma mágoa imensa por ver assim a sua sinhá moça, que tantas vezes trouxera ao colo, quando pequenina!

O hortelão caminhava apressado sob a chuva miúda, que vinha caindo como uma nuvem ligeira, na montanha.

– Se a menina morre, dizia ele consigo mesmo, eu saio da casa!...

Sara era adorada pelos servos; não tendo de ordenar coisa alguma, ela não se mostrava severa e intervinha muitas vezes nas zangas da mãe, procurando desculpá-los.

Às vezes, mesmo a moça, ia ajudá-lo, de manhã cedo, na cultura do jardim. Era trafega, alegre e robusta, gostava daqueles exercícios ao sol; tinha os seus instrumentos e os seus canteiros, onde não consentia que outras pessoas bulissem.

E depois que risadas, que alegres cantorias! Era extraordinária! Nem ele nunca vira moça rica e de cidade ter tanto humor! E pensava:

"Ai! as belas manhãs!..., se elas não voltam mais... pobre menina!"

Depois de ter batido à porta do médico, o jardineiro apressou-se a ir chamar o sacerdote.

O padre Anselmo morava mais longe, numa casa rodeada de cães e de roseiras bravas... Mas nem os espinhos das flores nem o latido dos cães dissuadiam os crentes de o ir chamar a desoras. Sabiam todos que o padre Anselmo não se negava a ninguém.

Rico ou pobre, que lhe importava! Era uma a salvar, e ele ia sempre! A chuva tinha apertado. Os dois homens caminhavam depressa, os seus vultos manchavam ainda de mais negro a escuridão da noite, que nenhuma bulha de vida perturbava. Somente ao longe, a água do aqueduto rumoreja uns soluços surdos, que o jardineiro maldizia, trazendo-lhe à mente o estertor de um moribundo...

O seu pavor por vezes era tamanho que ele, o trabalhador da terra, forte e rude, tinha ímpetos de se agarrar à batina e ao manto negro e flutuante do padre!

– Está aí o carro, – disse o criado a Luciano; e quis logo narrar a grande dificuldade que tivera para obter uma caleça, àquela hora; mas o amo sem lhe dar atenção ordenou-lhe que o ajudasse a transportar a doente.

Ernestina ia desacordada, ele a sentia nos braços, como morta.

O cocheiro, receando talvez ser cúmplice involuntário num crime, veio, antes de subir para a boleia, examinar de perto a moça, e foi depois para o seu posto resmungando baixo. Seguiram.

A chuva diminuiu pouco a pouco; poder-se-iam por fim contar as gotas que soavam como pancadas dadas compassadamente com as pontas dos dedos na coberta do carro.

Ernestina continuava insensível a tudo; ia com a cabeça deitada no peito de Luciano, os pés pousados no banco fronteiro. Ele a amparava com desvelo, levando através da noite imaculada e só, a sua desejada amante. De vez em quando, ao passarem por algum lampião de gás, a luz vinha amarelada e frouxa, iluminar a cabeça desfalecida da viúva.

Luciano contemplava atônito; parecia-lhe incrível que se envelhecesse tão depressa! Havia menos de um mês que não via Ernestina; deixara-a fresca, louçã, tentadora, vinha encontrá-la amolecida, pálida, cheia de cabelos brancos. Uma grande piedade substituía agora o seu amor tempestuoso e antigo. Um filho não teria carinho mais doce nem mais respeitoso para sua mãe!

Quando chegaram ao portão do jardim, Ernestina voltara a si. O cocheiro desceu da boleia e abriu a portinhola, sacudindo barulhentamente a água que lhe escorria do capote de borracha. A noite estava ainda trevosa; dentro, através das grades, viam-se as janelas do *chalet*, cujos vidros, molhados, coavam uma luz pálida e triste. Luciano ajudou Ernestina a apear-se.

O carro voltou, enterrando as rodas na lama, com uma bulha surda. A viúva Simões mal se podia arrastar, e a travessia do jardim foi vagarosa; em torno deles as flores, abafadas pela chuva, tinham um aroma discreto e vago. Uma ou outra gota de chuva, retida nas folhas e despenhada agora das árvores, caía como uma lágrima fria sobre a cabeça nua de Ernestina.

Ela lá não podia mover as pernas; um grande peso paralisava-lhe as forças; a voz sumiu-se-lhe também e de tal jeito que só pôde acenar com a mão a Luciano, que fosse depressa e que a deixasse ali.

Luciano tremia, estava perplexo, apreensivo; as suas suposições haviam-se dissipado logo que

ao chegar ao portão da chácara não vira Sara, como esperava, correr para a mãe doente.

O silêncio daquela casa iluminada encheu-o de pavor e sentia, instintivamente, repulsão por aquela mulher que ia conduzindo com tanta solicitude!

Sentia ainda ferir-lhe os ouvidos o seu grito terrível:

– Luciano! Luciano! Matei minha filha! Salve minha filha!

Nesse instante, manchando o corredor com a sua ampla batina negra, ele viu o padre Anselmo dirigir-se para o quarto de Sara. Ao mesmo tempo, rompeu ali de dentro um soluço que ondulou dolorosamente pelo ar silencioso da noite, fincando-se-lhe no coração como uma dor atrocíssima.

– Então é verdade!? – gritou Luciano sacudindo Ernestina.

– É... – disse ela por entre os dentes cerrados, com um olhar de susto.

Num grande desvairamento, Luciano galgou de um pulo os poucos degraus do terraço, deixando a viúva fora, sozinha. Outro soluço mais brando e choroso, voou pela noite negra.

Ernestina deu alguns passos. cambaleante, até que sem forças caiu de joelhos, erguendo as mãos unidas para o céu impiedoso.

Ela também tinha reconhecido o padre; aquela batina preta passando rápida, de uma porta a outra porta, como que lhe dissera alto e de longe: acabou-se!

Dentro, havia um rumor abalado de vozes, e um crepitar de luzes, talvez das velas de cera alumiadas junto ao cadáver... E cá fora nem uma luz; tudo preto; água correndo pelos declives da montanha, nada mais.

Ernestina já não rezava, nem o seu espírito sabia formular, nem os seus lábios articular palavras. Encolhida, de joelhos na areia molhada; ela afundava o olhar pelo corredor, agarrando-se às grades do terraço, e empapando a cabeça nas trepadeiras alagadas...

Subitamente, uma voz desconhecida disse alto, lá de dentro:

– Muito depressa! – e ela viu o jardineiro vir correndo pelo corredor e sair.

– Que seria?! Teve desejo de segurá-lo em ambas as mãos, de lhe perguntar se a sua filha adorada era viva ou morta... mas não pôde mover-se, e ele, como não a visse... passou.

Ernestina então deixou-se cair sentada, com as mãos espalmadas no chão e o pescoço dobrado sobre a espinha. A chuva recomeçava em pingos grossos que lhe caíam nos olhos abertos, no queixo, ora um... ora outro... ora dois a um tempo.

Queria ir ver a filha, beijá-la, suplicar-lhe que vivesse, que vivesse, que vivesse! Mas eram inúteis os seus tremendos esforços para levantar-se, subir os degraus e ir ao quarto de Sara.

Sentia-se presa à terra; já não era uma mulher, mas como que uma planta, nascida para o sofrimento e por isso mesmo valentemente enraizada no chão.

Quando Luciano entrou no quarto de Sara, viu o padre Anselmo de pé junto do leito, com uma das mãos estendida sobre a cabeça da moça numa atitude de benção.

A fronte do velho erguida, os olhos úmidos e levantados, os lábios movendo-se numa oração compenetrada, baixa e fervorosa, tinham uma doçura solene em que a piedade humana se misturava com a austeridade religiosa. O homem nele sofria uma revolta contra a natureza, por que morrer uma mulher tão jovem; o padre porém congratulava-se com o céu, que ia receber no seu seio límpido uma virgem pura!

Luciano ficou preso àquele leito, numa mudez gelada, olhos fixos em Sara, por quem sentia agora recrudescer o seu amor. Amava-a sim, com intensidade! As lágrimas rebentavam-lhe dos olhos celeremente. A Benedita soluçava alto, de vez em quando, e aqueles soluços revolviam-lhe n'alma toda a sua ternura. Atrás dele, o médico escrevia; mas, no seu desespero, Luciano nem reparava nele; todo o seu sentido estava nessa cama estreita, branca, revolta, onde, como uma estátua, pesada e rígida, Sara parecia dormir! Morta não estava! Ele via o peito abaixar-se e erguer-se numa respiração custosa, como se aquele resto de vida lhe pesasse sobre o coração.

A doente tinha as feições alteradas, o rosto lívido, manchado de escuro, os lábios entumecidos e as pálpebras roxas.

Luciano quis beijá-la na testa, o padre Anselmo desviou-o com austeridade.

A pena do médico rangia no papel, e as criadas, agrupadas aos pés da cama, esperavam as ordens, olhando com tristeza para a moça. Benedita chorava sempre alto, e o padre compadecido, disse-lhe com voz doce e triste:

– Espere! Ela talvez não morra... a misericórdia de Deus é infinita!

O médico postou-se novamente à cabeceira da doente.

Luciano, vendo-o, contou-lhe o que ouvira de Ernestina, baixo e precipitadamente. Que seria aquilo, um envenenamento?!

– Não!... houve um engano de remédio, nada mais. Percebi, logo que entrei, do que se tratava, vendo à cabeceira da doente o frasco que eu já tinha posto de parte, por terem errado a fórmula... mas não era caso de matar... mormente em dose pequena... Não foi isso que determinou o acesso!

– Mas há esperança?

– Nenhuma...

Luciano estremeceu e um suor frio inundou-lhe a testa.

– Isto é... acudiu o médico, quem sabe? não será a primeira que eu veja ressuscitar... Estas doenças de cabeça são terríveis.

– Ah... ela foi atacada...

– De uma febre cerebral.

– Meu Deus!...

– Às vezes, é melhor morrer, – concluiu o medo abaixando-se para examinar o rosto de Sara.

O médico empregava a atividade de toda a gente da casa; as criadas iam e vinham, aquecendo água, transportando roupas, luzes, receitas, acudindo sem cansaço a todos os chamados, com boa vontade e ligeireza.

Entretanto o padre Anselmo perguntava por Ernestina. Até aí tanto ele quanto o médico tinham-na julgado recolhida, propositalmente afastada da filha, e poupavam-lhe a agonia de a vê-la morrer. Agora porém o caso era outro, desde que Luciano narrara a ida da viúva a sua casa.

– Mas então onde está ela? – perguntava o padre.

Ninguém sabia responder, percorreram a casa inutilmente.

– Veio comigo, – afirmava Luciano; entramos juntos!... – Mas Luciano não se arredava do leito de Sara, não se lembrava de mais nada, repetia maquinalmente aquilo – veio comigo, entramos juntos! – sem interesse, sem preocupação, entregue à sua surpresa, com os olhos fitos em Sara, esperando a morte!

O padre estremecia; vinham-lhe à ideia os despenhadeiros do morro, onde Ernestina fosse talvez pedir o esquecimento da dor que a pungia.

Chamou então o jardineiro e saíram ambos.

As sombras da noite iam-se dissipando. A dois passos da porta, o padre distinguiu alguém deitado sobre a grama; aproximou-se abaixando-se, apalpou Ernestina.

– Ajude-me a levá-la para dentro, disse ele ao jardineiro.

E ergueram a viúva que estava alagada e fria.

– Pobre mãe!... repetia o bom velho, comovido. Dentro recomendou às criadas que lhe mudassem roupa e friccionassem o corpo. Feito isso, ele entrou no quarto e sentou-se ao pé do leito.

Ernestina abriu os olhos e, de repente, espavorida com a lembrança da filha, perguntou:

– Morreu?

– Não morrerá, tenha esperança!... – respondeu-lhe o padre.

No entorpecimento da sua terrível dor, Ernestina não pareceu alegrar-se; deixou-se cair sobre os travesseiros e adormeceu profundamente.

CAPÍTULO XVIII

Quando Ernestina acordou, era dia. Quis mover-se, não pôde. A cabeça ardia-lhe, muito pesada e dorida, tinha o rosto vermelho e uma dor no peito que não a deixava respirar. O médico foi vê-la, assegurou-lhe que Sara não morreria, consolando-a muito. Ela quis contar a história toda como confundira os remédios e o seu desatino depois. Ele a fez calar-se, percebera a verdade vendo os dois frascos juntos e abertos... providenciara a tempo.

Tudo ia bem.

Tudo ia bem!... Entretanto, numa ocasião, ela teve medo que a enganassem e saltou da cama descalça, com a camisa aberta no peito e os cabelos soltos; atravessou a sala sem que a vissem, passou pelo corredor onde circulava livremente o ar, e abriu de mansinho a porta do quarto de Sara, com um medo terrível de encontrá-lo vazio... mas não; Sara dormia numa atitude serena, e, a seus pés, de costas para a porta, estava Luciano. Ernestina voltou para o seu quarto, sem desgosto, sem alegria, impassível como se tudo aquilo fosse esperado!

Sentou-se na cama com os pés nus sobre o tapete, as mãos caídas nos joelhos, e assim ficou algum tempo, com os olhos fixos no reposteiro da porta, sem pestanejar, imóvel, abstrata. A pouco e pouco, a respiração foi-se tornando mais difícil e o corpo, vencido, caiu pesadamente sobre os travesseiros. Recrudesceram-lhe as dores e a febre. Pelas faces, muito vermelhas, rolavam lágrimas grossas e ardentes, e ela mal podia respirar, sentindo uma pontada violenta no peito.

Luciano entrava a medo no quarto da viúva, esperando sempre uma recriminação, temendo também exacerbar-lhe o mal. A sua consciência não o deixava à vontade entre aquelas duas mulheres enfermas. Entretanto não se afastava dali. Daquela casa.

Sara não o tinha percebido ainda; a viúva não falava a ninguém. Como o médico exigisse enfermeiras, ele julgou dever avisar a mulher do Nunes e a ama Josefa.

Georgina passava também agora os dias e as noites no quarto da amiga. Desenvolvera uma atividade de que ninguém a julgara capaz. Era enérgica, movia sem cansaço o seu corpo franzino; com as mãos ágeis, os passos leves, o ouvido atento e o seu belo olhar de gazela, tão vivo e tão meigo, a sondar a doente, buscando uma esperança que não aparecia!

Ah, ela compreendeu a verdade sem ouvir explicações! O amor de Ernestina por Luciano não fora nunca um segredo para ela; a sua perspicácia adivinhara-o logo. Percebendo mais tarde que, por sua vez, Sara o adorava, esperou com curiosidade e medo o desfecho daquela história.

Ele aí estava, e bem triste!

A D. Candinha Nunes mudou-se também para Santa Tereza e era quem determinava tudo, assídua, solícita e animada. Entrava pouco nos quartos das doentes, mas preparava-lhes lá dentro os caldos, o leite, o gelo, as roupas e ordenava o silêncio entre as criadas que; a um gesto seu, suspendiam o mínimo rumor.

À cabeceira da viúva Simões, estava a Josefa sentada em um banquinho, com as mãos descansadas no colo e o queixo erguido para a cama. De vez em quando, cochilava, e então o queixo, quadrado e forte, batia-lhe no peito ossudo, ela despertava com vexame, olhando em roda, observando se a tinham visto, receosa de um olhar de censura. Mas, nada. A viúva tinha os olhos fechados ou postos no teto, as mãos sumidas nas dobras do linho, os lábios silenciosos.

Pelas janelas cerradas, o sol encrava em fisgas; a não ser o tic-tac do relógio, só se ouvia o voar das moscas na sua bulha quase imperceptível e vaga. Josefa, para justificar a sua estada ali, erguia-se de vez em quando, alisava o lençol da doente e perguntava-lhe:

– Quer alguma coisa?

A viúva respondia com um gesto que não; a maior parte das vezes nem assim mesmo respondia, quedava-se imóvel, e a Josefa tornava para o banquinho, com um suspiro de cansaço ao corpo moído daquela indolência. E as horas iam passando; o sol abrandava a sua luz amarela, recolhia pouco a pouco as fitas de ouro, que estendera através das venezianas cerradas. Caía a tarde e o silêncio continuava, triste e profundo.

D. Candinha ia de hora em hora dar o remédio, recomendando sempre à Josefa que a avisasse se houvesse alguma falta. Às vezes, de longe em longe, a pobre mulher pedia à moça que ficasse ali um minuto; ela voltaria depressa.

Saía; e, logo fora da porta, respirava com força, sacudia as saias e andava com passos largos, desentorpecendo-se. Ia ao quintal girar um pouco, colhia um raminho de mangerona ou de hortelã e entrava na cozinha mastigando as folhas e pedindo um caldo.

Tornava o alimento à pressa, lamentando não poder saboreá-lo. Em verdade o que ela saboreava mais não era a sopa, era a liberdade, era a janela francamente aberta, a variedade das caras e a variedade das coisas, a ausência do quarto de doente, com o seu cheiro enjoativo de remédios, cortinas descidas e o relógio estúpido, a dizer sobre a cômoda sempre o mesmo: tic, tac, tic, tac tic, tac!

Mas outras vizinhas vieram, boas, cuidadosas e, apesar de tudo, a Josefa, como um cão de guarda, passava os dias sentada no banquinho, olhando para a viúva, cansada, triste esperando pelas horas da refeição para ir gozar lá fora, sob esse pretexto, o ar, a luz e a palestra.

– Tomara já que isto acabe! pensava ela, que Iaiá fique boa e Sarinha também. Ave Maria!

Como estarão os meus cacos em S. Cristóvão!

A visão da casa atormentava-a muito. Via as baratas passeando sobre os pratos da marmelada, feitos para quitanda, na manhã da subida para Santa Tereza; lembrava-se de ter deixado fora do quarto, pendurado, à toa, o seu melhor vestido e parecia-lhe sentir o ruído dos dentinhos dos ratos nas roupas dos fregueses... Credo! Calculava os prejuízos, somava pelos dedos o que teria de pagar a um e a outro, e pasmava diante das cifras que se desenhavam em seu espírito em proporções enormes!

Uma noite, a Josefa teve um sonho que a fez decidir a abandonar a doente por algum tempo.

Sonhou que o seu adorado S. Sebastião, furioso por ver apagada a lamparina com que ela, cuidadosa, religiosamente, o alumiava no seu oratório dia e noite, entrara a desfechar-lhe nos olhos todas as setas do seu bendito corpo.

– Perdão! – gemia a pobre; mas o santo não lhe perdoava.

Quando Josefa acordou, sentiu dor nos olhos... aquilo a tornou apreensiva. Foi ao espelho; os olhos estavam vermelhos!

– Uê! Gente! Isto é aviso do Céu! Eu vou logo a S. Cristóvão!

Ao meio-dia, vestiu o seu vestido de merino preto, pôs o seu velho toucado de vidrilhos e flores roxas e dispôs-se a sair.

Estava toda a casa silenciosa. A viúva dormia e a mãe de Georgina fazia-lhe quarto. Josefa atravessou a sala de jantar em bicos de pés e entrou no corredor. Ao fundo, a porta do jardim atraia-a, muito aberta, como um quadro de luz; e ela seguia com passos miúdos, segurando na mão a bolsinha de couro que não deixava nunca, quando de repente um grito agudo feriu o ar e o silêncio da casa. Josefa estacou.

Deus do céu! Que teria sido!? Houve uma pausa; correram minutos... outro grito igual e estrídulo partiu do quarto de Sara. Josefa voltou depressa para o quarto da moça.

– Que foi?!

Georgina levantou para ela os olhos chorosos, D. Candinha, mais calma, respondeu-lhe semolhar para ela, fixando a doente:

– Foi a morte, Josefa! Sara está perdida!...

Josefa caiu de joelhos e pôs as mãos, Georgina imitou-a, sem saber como, e ambas rezaram silenciosas, chorando.

Ambas rezaram, ambas fizeram promessas, e quando se levantaram abraçaram-se, sem saber como, sem saber por quê!

CAPÍTULO XIX

Tomavam-se precauções para que os gritos de Sara não chegassem ao quarto da mãe; entretanto a viúva Simões ouviu-os e perguntou por eles uma vez.

– São as crianças do vizinho; – respondeu-lhe D. Candinha, – trocando depois um olhar de inteligência com a Josefa, que se agachara no seu posto, com o queixo erguido para a cama.

A pobre mulher desistira da ida a casa. Baratas e ratos que andassem por lá à vontade. Já não temia coisa alguma.

– Olhe que você ainda está de chapéu!... – avisou D. Candinha.

Josefa elevou as mãos grossas à altura das flores roxas do toucado:

– Vê! Por isso é que tenho dor de cabeça... – murmurou ela.

Mudara de vestido, estava agora de chita; com uma saia e um casaco da cozinheira. O toucado dava-lhe ares de macaco velho, desconfiado, ainda não acertado ao ritmo do realejo.

– Vá descansar! – disse-lhe D. Candinha.

– Não; fico. E agora já não tenho sono... já não tenho nada...

E os seu olhinhos castanhos encheram-se de lágrimas.

Entretanto, no quarto de Sara, Luciano e Georgina conversavam acerca da doente:

– Tem reparado numa coisa? – perguntou ele.

– Em quê?

– Nos raros momentos em que Sara parecia melhorar, mostrava-se aflita com a minha presença!...

– É verdade...

– Notou também isso?

– Notei.

– Julguei que pudesse ser uma ilusão minha...

— Não foi. Sara, quando o viu e o reconheceu, teve um grande abalo; tornou-se roxa; não viu como ela fechou apertadamente os olhos?

— Por que me odiará ela?

— Ainda o senhor pergunta?

Georgina agravava os remorsos de Luciano, vingando a amiga. Outras vezes, falavam-se como irmãos, elogiando Sara, recordando em comum os seus gestos e os seus ditos, como se tratassem de uma morta.

O arrependimento de Luciano crescia, à vista da doente. Já nada esperava, não podia à força de amor resgatar culpas as antigas... Todas as noites, saía daquela casa pensando em não voltar... que ia fazer ali, entre duas mulheres, vítimas do seu capricho de homem gasto pelos prazeres e pelas dores da vida? Ele não era mau afinal... como se tinha deixado levar tão levianamente, em tudo aquilo?! Julgara talvez todas as mulheres iguais... Habituara-se à vida frívola longe da família, do meio de que se afastara para correr boemiamente, alegremente, dos salões fáceis para os cafés, e os teatros, sem afeições sérias, sem preocupações, sem trabalho, gastando as forças e adquirindo vícios.

Depois toda aquela história tinha começado como uma simples *flirtation* leve e risonha... Este desenlace agora o enchia de pavor e procurava salvar a sua consciência sem encontrar auxílio... Outras vezes, exagerava as suas faltas, revolvendo ideias, penitenciando o seu espírito decaído...

Os médicos faziam repetidas visitas ao dia; as enfermeiras eram incansáveis e o tempo ia cada vez mais azul e formoso. Luciano subia todas as tardes, ficava até meia-noite e descia atormentado, sozinho, dizendo consigo que estava tudo acabado, bem acabado...

Entretanto a viúva chorava e teimava por sair da cama. Queria ver a filha, pressentia alguma coisa, dizia, às vezes, que a enganavam. Sara estava morta... Outras, cismava com aquele rumor estranho que se fazia em toda a casa, e em que o nome de Sara parecia sussurrado continuamente...

Médicos e enfermeiros prolongaram aquele estado negando-lhe autorização para erguer-se.

Os gritos de Sara tinham cessado, a casa voltara ao anterior silêncio. Uma vez a viúva viu, através das pálpebras, no levíssimo sono dos convalescentes, entrar D. Candinha e dirigir-se à

Josefa, que estava a cochilar no seu canto. A moça curvou-se para a velha, e, entre ambas.

Ernestina distinguiu no ar, sutilmente estas palavras:

– ... Sara...
– Que me diz, senhora?
– Psiu!...

Saíram ambas, cautelosamente. A viúva Simões sentou-se de um salto e prestou o ouvido.

Pareceu-lhe sentir um choro abafado, afastou desvairadamente as roupas da cama e ergueu-se do leito sempre escutando, trêmula, com os cabelos desgrenhados sobre os ombros magros e as pernas finas desenhadas no linho da camisola.

Entreabriu assim a porta e esgueirou-se a medo para o corredor:

Lá fora, na atmosfera suavemente morna, vagava o aroma das flores de laranjeira. Ernestina teve uma vertigem. A luz cegou-a, o aroma entonteceu-a. Encostou-se ao umbral. Não passava ninguém, a casa parecia deserta; a viúva recobrou alento e atravessou o corredor, descalça, com os artelhos nus, pensando em ir encontrar a filha amortalhada, no cetim branco das esponsais, com a grinalda de virgem e o véu castíssimo esparso em ondas sobre as suas opulentas tranças loiras...

Foi desse modo, sem ser pressentida, até o quarto de vestir da filha, e, sempre muda e atenta, aproximou-se da alcova. Dali não podia ver Sara, encoberta pelas costas e o cortinado do leito.

Tinha ainda medo... medo de entrar naquele quarto... medo de se aproximar da filha! Junto à mesa, de que só via um ângulo, estava sentado um homem; divisava-lhe a orla das calças cinzentas e os pés que se moviam nervosamente.

Georgina olhava para fora, com o rosto unido aos vidros. O seu corpo de menina tino e chato, ondulava com o esforço da respiração, e os cotovelos pontudos, erguidos à altura das orelhas, que as mãos cruzadas sobre a nuca encobriam, faziam cismar no desejo das asas, asas que se batessem pelo azul fora levando aquele coração de pomba para bem longe das misérias da vida!

Perto da cama, D. Candinha e Josefa cochichavam, curvando-se para a doente. Transparecia a dor no perfil de ambas.

Ernestina deu mais dois passes para diante.

D. Candinha, percebendo-a, exclamou assustada:

– Olhem quem está ali!

Rodearam Ernestina; Josefa enrolou-a no seu xale, enquanto a viúva perguntava baixinho à Georgina, apontando o leito:

– Morreu?!...

– Não... mas...

Como se aquelas palavras lhe tivessem insuflado nova vida, Ernestina desembaraçou-se de todos, que procuravam retê-la, e correu para a cama.

Pararam os outros a vê-la silenciosos e opressos. D. Candinha cobriu-lhe de novo os ombros com o xale, mas o xale resvalava para o chão. A viúva curvada para a filha não dizia nada nem se movia tão pouco. Olhava... olhava... olhava!

Sara tinha emagrecido muito e a sua cabeça, redonda e forte, parecia desproporcionada agora emergindo de uns ombros estreitos, de criança. Os olhos não tinham brilho, olhavam sem ver e a boca entreaberta enchia-se de baba, que Georgina limpava de vez em quando, pacientemente.

A mãe parecia não compreender...

D. Candinha murmurou-lhe ao ouvido:

– Que é isso, Ernestina? Vá vestir-se! Luciano está aqui...

– Que me importa! Sara? Oh, minha filha?

Sara voltou-se para a mãe e arrastou algumas sílabas embrulhadamente que ninguém pôde entender!

Pouco a pouco, a viúva foi percebendo a verdade; a filha não morreria... mas estava idiota! Ao redor dela, todos calados esperavam uma cena em que a dor explodisse em gritos, ou a abatesse num desmaio. Nada! A viúva achava, apesar de tudo, uma consolação – a filha vivia e, idiota embora, respirava, deixava-se beijar! Estava nisso o seu resto de ventura materna!

De joelhos, perto da cama, esteve longo tempo a olhar, a olhar... Ergueu-se com um suspiro e deixou que D. Candinha lhe vestisse um *peignoir* de lã; atou ela mesma maquinalmente os cordões da cinta sem desviar os olhos da filha.

Só depois de algum tempo foi que ela chorou, muito baixinho, embebendo as lágrimas no lenço.

Luciano tinha-se afastado do quarto e passeava no jardim, fugindo aos olhos de todos e à bulha atormentadora das vozes. Subia e descia pelas ruas vagarosamente, parando, às vezes, para afastar com o pé uma folha seca do caminho, ou para esmagar entre as unhas as pétalas leitosas das flores das laranjeiras. Os galhos carregados das árvores desciam muito e as formiguinhas passeavam pelos troncos apressadamente, carregando folhinhas e salpicando de preto a brancura das folhas.

Luciano contemplava aquilo tudo sem pensar no que via, mas vendo, sem pensar também em outra coisa. Cansado, subiu pelo pomar dando volta pela horta, meio inculta agora e abandonada.

Por entre as largas folhas ásperas das abóboras que se alastravam comendo vencedoramente a maior parte do terreno, erguiam-se os cálices altos das flores na sua triunfante cor de ouro vivo.

E ele notou com preguiça o desleixo em que o João tinha agora a verdura, toda abafada pelo aboboral. Afinal de contas, é sempre a força bruta que predomina em toda a natureza. As flores, delicadas e franzinas que nascem para o perfume, como o coração da mulher para o amor, caem e morrem se não lhes dão amparo doce e cuidadoso. Luciano continuou até acima, à touceira de bambus, onde vira pela primeira vez Sara e Georgina com outras amigas jogando o *croquet*. Parou aí um momento com a lembrança daquele dia na memória. Teve saudades...

Entrou depois no jardim e viu logo ali perto duas saracuras brigando sobre a grama de um canteiro largo. Ele chegou a sorrir, reparando para os meneios aqueles corpos delicados; uma delas fez-lhe lembrar Georgina, na graça e na ligeireza. Subiu por fim ao terraço e, exausto como se viesse de longas caminhadas, sentou-se num banco, encostou a cabeça à parede e olhou para a frente.

A luz forte do sol envolvia tudo no seu manto glorioso e quente. O mar estendia-se sereno, muito azul, limpo de barcos, beijando as fitas brancas das praias longínquas e fronteiras. As montanhas recortavam no céu límpido os seus enormes perfis bizarros num esbatimento de sombras e de luz. Embaixo, no pitoresco outeiro da Glória, tremulavam bandeiras de festa. Entre a casaria da cidade, lá uma outra janela, batida de sol, despedia dos vidros chamas de incêndio e repicavam os sinos e havia em tudo um ar de alegria e de infinita doçura! Só ao longe, temível no seu grandioso mistério, a Esfinge silenciosa mergulhava parte do seu corpo de montanhas na água profunda, erguendo para o alto espaço a sua fronte rochosa e altiva!

Luciano quedou-se ali longo tempo, ora com os olhos fitos nos galhardetes da igreja, ora nas fortalezas silenciosas, ou nos despenhadeiros do morro, onde as paineiras abriam, em sorrisos cor-de-rosa, as suas grandes flores.

Concluindo uma série de reflexões quaisquer, Luciano murmurou à meia-voz, levantando-se:

– Decididamente, hei de morrer solteiro...

– Está falando sozinho? – perguntou-lhe D. Candinha, que havia chegado sem ser pressentida.

– Falei alto? Não me admira, estou meio maluco.... – respondeu ele sorrindo.

– É preciso cuidado... as paredes têm ouvidos... e...

– Está tudo acabado...

– Para Ernestina e para Sara, com certeza.

– E para mim.

– Isso... duvido! Conheço os homens, as impressões neles não duram como em nós... Mas, enfim, não é disso que se trata agora. Vim procurá-lo para dizer-lhe adeus...

– Já?!

– De que se admira?

– Acho muito cedo...

– O senhor não se lembra de que sou casada e que de mais a mais hoje é dia santo?

– Ser dia santo não é razão!...

– É. Imagine: devo ter a casa cheia de gente! Acostumei-me a fazer dançar os sobrinhos nos dias feriados e tanto eles como os empregados do Nunes contam com isso... Já que acudi as aflições de uns, é justo que divirta os outros... Contudo, sr. egoísta, repare bem: se vou embora é porque Ernestina tem uma coragem única. Exigiu a minha retirada, bem como a de Georgina!

– Deveras! Está assim calma?

– Perfeitamente... Diz que o que temia era encontrar a filha morta... A pequena conhece-a.

Coitadas!

– Que futuro triste!

– Ora... a tudo a gente se acostuma! Adeus, vá ver-me de vez em quando.

– Consente que eu a acompanhe?

– Não. O senhor pode ser preciso aqui.

D. Candinha ajeitou o veuzinho preto sobre o seu rosto largo e desceu o jardim calçando as luvas.

Luciano entrou. A Josefa esperava-o e disse-lhe logo que o viu, com um jeito embaraçado:

– Não vá lá dentro...

– Por quê?
– Iaiá não quer...
– Ah... Ela lhe disse isso?...
– Disse...

Luciano parou indeciso, magoado, sem saber como falar a Ernestina, mas desejando ardentemente vê-la e beijar-lhe a mão antes de sair. Respeitava-a agora como a uma santa, amava-a com a ternura de um filho. A Josefa observava-o com dó e com espanto, ele continuava perplexo diante dela.

– O senhor quer mesmo falar com Iaiá? – rompeu ela.
– Sim, quero...
– Espere um pouco... Ela está sozinha. Georgina já foi para casa... que moça boa! Eu fico morando aqui. Iaiá quer que eu tome conta da casa... que hei de fazer? Olhe, eu ainda não disse nada; mas a Simplícia fugiu com o Augusto esta madrugada e o pior é que levou roupas finas e talheres de prata!... Que mulatinha levada! Aquilo há de acabar rolando bêbada pelas ruas. A Ana já veio me dizer que exige mais ordenado!... Ui!... agora esta história de criadas é um inferno!

Luciano interrompeu-a com um gesto.

– Eu já volto, – disse ela, e saiu. Ele ficou só, sentado no sofá, embaixo do retrato do comendador Simões.

Passado algum tempo, a Josefa tornou pressurosa.

– Então?! – Inquiriu Luciano.
– Iaiá não quer vê-lo e pede-lhe para não voltar a esta casa.

Dias depois, a viúva Simões acompanhava com a vista, do seu terraço de ladrilhos cor-de-rosa, um paquete transatlântico, que demandava a barra, levando Luciano para a Europa.

O tempo estava esplêndido, de um azul glorioso, o mar desenrolava o seu manto, sem rugas, com uma serenidade de sonho, e as flores desabrochavam numa alegre ansiedade de luz e devida, perfumando tudo...

Ao lado da mãe, numa cadeira de rodas, Sara, com o seu eterno e doloroso sorriso, fazia e desmanchava a única coisa bela que lhe ficara: a sua trança loura.

Impressão e Acabamento
Gráfica Oceano